CANTOS DO ENTARDECER

CANTOS DO ENTARDECER

Linhares Filho

KOTTER EDITORIAL

Coordenador Editorial
Sálvio Nienkötter

Editor Executivo
Claudecir de Oliveira Rocha

Editor Adjunto
Daniel Osiecki / João Lucas Dusi

Capa
Paula Villa Nova

Projeto Gráfico
Andre Luiz C. Mendes

Produção
Cristiane Luiza Nienkötter

Dados Internacionais de Catalogação na Publicação (CIP)
Angélica Ilacqua – CRB-8/7057

Linhares Filho
Cantos do entardecer / Linhares Filho. –– Curitiba : Kotter Editorial, 2023.
144 p. : il.

ISBN 978-65-5361-217-4

1. Poesia brasileira I. Título

23-2812 CDD B869.3

KOTTER EDITORIAL

Kotter Editorial
Rua das Cerejeiras, 194
82700- 510 | Curitiba/PR
+55 41 3585-5161 | www.kotter.com.br | contato@kotter.com.br

1ª Edição | 2023

Para Mariazinha, Amada e Musa,
minha graça maior, doce e profusa.

A minha filha Catarina, paz
e o esteio mais presente e mais seguro
da velhice de seus pais.

À saudosa memória de minha irmã
Dulce Férrer Linhares Garcia, matriarca da família;

do Papa Emérito Bento XVI;

da Profª Cleonice Berardinelli;

das primas Rita Esteves Cassundé e Margarida Esteves Maia;

dos primos Stênio Leite Linhares, Wilson Leite Linhares,
Benon Linhares Neto e Geraldo Quevedo Esteves;

dos confrades Ernando Uchoa Lima e
Pedro Henrique Saraiva Leão;

de Geová Lemos Cavalcante, meu amigo, homem de fé
e pesquisador insigne;

e dos companheiros do Sin:
Horácio Dídimo, Rogério Bessa,
Pedro Lyra e Barros Pinho,
que beberam comigo da mesma fonte da Poesia.

A tarde cai. Nós caímos na tarde
numa antecipação de morte sem dor.

Carlos Drummond de Andrade

Como cansado arbusto os ares olha,
Sem mais ver primavera, e fôlha a fôlha
Se esfaz em fôlhas, – eu me esfaço em versos.

Alberto de Oliveira

Feliz quem possa, quando chega a tarde,
Sentir-se em paz, e para tudo guarde
Um sorriso de amor e de alegria!

Mário Linhares

[...] minha lembrança permaneça
no poema que não foi escrito,
mas ficou
vibrando
no tempo.

Filgueiras Lima

Atravessa esta paisagem o meu sonho dum porto infinito.

Fernando Pessoa

Sumário

Amor Eterno*

Leite Jr.

José Linhares e Mariazinha,
Que um verso decassílabo entrelaça,
Quis o destino uni-los pela Graça:
Palmo a palmo e, na palma, linha a linha.
Desde o princípio, um ao outro tinha,
Como o bom vinho pressupõe a taça,
E como o pão precede o trigo e a massa,
Pois na semente a vida já se traça.
Aqui, o vinho e o pão da poesia
Só buscam traduzir esse destino.
Mistério abençoado em Dom Divino.
Talvez por serem, enfim, José e Maria,
Ganharam do Divino Redentor
Eterna vida para tanto Amor.

---

* Poema bordado numa fronha e ofertado pelo autor ao casal Linhares Filho / Mariazinha por ocasião de suas Bodas de Ouro.

Prólogo

Cantos do entardecer... Da hora suprema,
de elegia, sossego e despedida.
Apego-me ao consolo do poema,
que me embala nos transes desta vida.

Superiormente, em Deus busco guarida,
cultivando a esperança como lema
da alta promessa. E a Amada, apetecida
sempre, comigo o nosso barco rema.

Muitos daqui se foram, nos deixando
seu bom exemplo de amizade e um bando
de saudade. Por eles, nossa prece.

Unamo-nos, Amada, sem demora,
já que o amor dos meus Cantos, nesta hora,
qual lareira invisível, nos aquece.

A Nossa Senhora Aparecida, Padroeira do Brasil

Virgem Mãe Aparecida,
já sendo irmãos de Jesus
desde a água do batismo,
somos teus filhos na vida
da graça. Livres do abismo
tenha-nos, pois, tua luz.
Também a ti como filhos,
dados em João, junto à cruz,
queremos andar nos trilhos
por que tua mão nos conduz.
Ante esses trezentos anos
da pesca no Paraíba,
tange de nós desenganos,
é o que te roga este escriba.
Com o teu manto cor de anil,
grande como a esfera azul,
Padroeira do Brasil,
cobre-nos do norte ao sul
e opera uma nova pesca
milagrosa em nossas águas.
Afasta de nós as mágoas
e as nossas mentes refresca.
A coroa de tua imagem
lembre-te amor verdadeiro,
e o olhar teu lembre a mensagem
tua a cada brasileiro.

Dessa imagem a cor da pele
privilegia uma raça
que aqui encontrou desgraça,
mas a incluí-la nos impele
em nossa acolhida humana.
Os desvalidos conforta
e os desafetos irmana.
Abre a todos nós a porta
celeste de que promana
o dom da sabedoria,
para que doce alegria
revisite o nosso povo,
dando-lhe um ânimo novo.
E essa régia proteção
cubra os dias que virão.

A Maria, Virgem e Mãe

Toda heresia contra ti descarto,
que foste sempre, sempre Virgem Pura,
por Deus privilegiada criatura
antes, depois e até na hora do parto,
pois teu Menino, como, após a cruz
ressurrecto, ficou todo impassível,
enquanto de ti vinha à plena luz.
Esteve assim, que ao Pai nada é impossível:
mistério que os católicos seduz,
do Espírito ante ação irresistível
e por causa dos méritos do Filho,
à Mãe se transmitindo todo o brilho.

Despedida a Rogério Bessa

Para Conci

Companheiro de lides culturais,
vejo-te agora mudo no caixão.
Dói-me tanto saber que nunca mais
hás de atiçar com os versos a emoção.

Ao intelecto a recorrer demais,
chegaste, no poetar, à perfeição
como em quaisquer ações existenciais,
que com tua alma, no céu, sei que já estão.

No afã da reinvenção de novo Orfeu,
a experiência da Língua te ajudou:
nenhum significante se perdeu.

Como cristão e poeta o teu esquema,
num requinte inventivo ou em simples voo,
prendeu-se a altas virtudes e ao fonema.

Ao Pe. Manoel Lemos de Amorim Nonagenário

Cedo foste atraído pelo altar
e um fogo te abrasou a língua e o peito,
para de Deus falares, e o conceito
do Amor Divino em ti se confirmar.

Em Fátima, com força salutar,
se definiu, por todos sendo aceito,
o teu apostolado, e o povo eleito
fez do pároco o exemplo se espalhar.

Propaga-se o teu rastro de virtude
entre nós, a partir de Mangabeira,
como administrador e sacerdote.

O aplauso por teus anos se transmude
em muita bênção sobre tua esteira,
em que um jardim de flor celeste brote.

Despedida do Grupo Sin a Pedro Lyra

Vivemos tempo de fatal colheita
do nosso jubileu já no limiar.
Mas deixas um legado sem suspeita:
teus verso e prosa irão te eternizar.

Sentir-te-emos a falta pela estreita
união intelectual, a te lembrar
como cantor da geração que espreita
glória iminente, a vir-lhe pelo ar.

A existência fruíste intensamente,
com mensagem social, refeita e nua,
privilegiando os signos da mente.

Elegemos-te *Sombras, Doramor*.
E, bem mais que as teorias, vibra e atua,
em nosso adeus, o teu inquieto amor.

Após a Cirurgia Ocular

Ao Dr. Marcelo Cunha e sua equipe

Dos olhos extraída a catarata,
de novo o mundo esplende para mim.
De tudo a imagem surge bela e exata,
a visão embaçada tem seu fim.

O rosto da mulher amada, assim,
melhor se me apresenta, e se retrata
com doçura maior, como o jardim,
e mais nítida vejo a Lua de prata.

Senhor, rogo-vos que, com minha vista,
mais vos enxergue em mim e vos abrace
como ponto supremo de conquista.

E, com estes olhos, quando daqui for,
possa-vos contemplar a eterna Face
com o vosso encanto e o vosso resplendor.

Despedida ao Poeta Horácio Dídimo

Para Evendina

Fica teu alto exemplo de virtude
e a afinação dos versos que poliste.
Fica a falta de ti, um golpe rude,
fazendo-nos sofrer hora tão triste.

O sol, porém, como disseste, existe.
Existe o sol, (embora se transmude
a hora em dor). Afinal, sua luz consiste
na vivência da fé como atitude.

Pregaste tanto Amor, que há de, construindo
o bem e a paz, trazer-te perpetuado,
muito viver tornando suave e lindo.

E, apesar de te vermos já partindo,
sentir-te-emos o espírito do lado,
a sorrir sempre, com Amor infindo.

Fortaleza,03/9/2018

Trilogia dos Oitenta Anos

Anseios de Octogenário

Oxalá eu sentir a plenitude
do viver neste ponto da jornada,
pois quase não encontro em mim virtude,
cheio da consciência do meu nada!

Na face dos irmãos ver estampada
muito mais a de Deus, com que me escude
dos males da existência atribulada;
ter mais luz ante os textos que eu estude!

Mas louvo-te, Senhor, pelos meus anos,
marcados de venturas, desenganos,
e queria, no tempo que restar

desta vida, expressar, pelo respiro,
louvor a ti e, como te prefiro
ao Mal, não interromper o te louvar.

Ante o Afeto de Minhas Filhas

Antes que tempo não mais haja nem motivo
para algo em mim louvar, moveu-as a ilusão
do festejo ante o qual lhes sou grato e cativo,
pois o sinto provir total do coração.

Generosas, passar não querem por seu crivo
o meu pobre existir recheado de senão.
E espero refletir-se, ameno e redivivo,
o nosso mútuo amor em dias que virão.

A Deus louvemos pela estrada percorrida,
composta de planície, altiplano e descida,
contando sempre achar o bem lá, na distância.

Fui e vou a alumiar meus passos com a magia,
com que hoje me enterneço e ontem me enternecia,
de sua encantadora e tão criativa infância.

À Amada do Octogenário

Imagem és de Deus e da Poesia,
e aporto, unido a ti, aos meus oitenta.
Encanta minha idade a fantasia
que o nosso amor a cada dia inventa.

Junto a essa imagem que és, tenho a alegria
de viver, com que a nossa união se alenta,
tanto que, se o pudesse, hoje faria
nossa história voltar, para ir mais lenta.

Por teu encanto a alma vai sedenta
e pulsa o coração acelerado
ainda mais pelo esforço da velhice.

Certo é que a mútua adoração fermenta
toda a beleza ideal do azul passado,
ressurgido através de tua meiguice.

A Minha Irmã Dulce Centenária

Matriarca és do clã por teu direito,
e ora atinges a marca dos cem anos.
Fiquei para render-te um justo preito,
que o único vivo sou dentre os teus manos.

Cheio de afeto a bênção tua aceito,
ao contemplar sucessos, desenganos
da trajetória, em que um ideal conceito
construíste condizente com teus planos.

Por teu amor materno hoje mereces
grande homenagem envolta a aplausos, preces,
enquanto te ergues como anosa tília.

A ti todo louvor e toda glória,
ainda mais pelo exemplo teu, na história,
de alta longevidade da família!

Ao Poeta Luciano Dídimo

Fico realmente aquecido
com o teu livro *O Sol do Amor*,
em que vejo enaltecido
o teu pai-poeta com ardor.

Mostrar-se-á que és parecido,
aonde quer que a obra for,
com o tom e o puro tecido
da alma do teu genitor.

Agradeço-te o presente
que fará menos ausente
quem está no seio eternal.

E também vou proclamando
a luz do poeta alto e brando
nessa obra de amor filial.

A Mailson Furtado Viana, Prêmio Jabuti – 2018

Salve a Poesia, pois se robustece,
a humana condição enternecendo,
ao colher mais produto em sua messe,
à pena de Mailson luz trazendo!

A este, pelos bibliófilos, lhe rendo
a homenagem que tanto hoje merece.
Salve nele a Poesia, à qual me prendo,
encanto, flor, canção, nuvem e prece!

Tua urbe, poeta, transfiguras
e fazes refletir-se nas figuras
e cenas suas nossa circunstância.

A recriada cidade em que retratas
cores da nossa reais como abstratas,
sentido outorga à nossa imensa ânsia.

Retratação à Filha

Situação lancinante após o destempero
em repreender-te. Busco agora um meio certo
de retratar-me. Busco ansioso e com esmero
reconduzir-te a mim, ter-te de novo perto.
De espírito confuso e quase em desespero,
segui em solidão, vagando num deserto,
por haver para ti alteado a voz incerto.
Mas, se da vida o amor faz-se o melhor tempero,
venho-te reafirmar meu paternal amor,
que, de novo deleite, esteve intensa dor.

Penitente

Minha tradicional, profunda crença
vai no Catolicismo bem firmada.
Encho-me, entanto, de tristeza imensa,
vendo por familiares renegada

a Fé que lhes doei como presença
de herança espiritual, a ser deixada,
com que cada um na Terra os males vença
e encontre a meta bem-aventurada.

Surdo à graça talvez eu tenha sido,
acaso mau exemplo cometido,
e até deva culpar-me de omissão.

Não fui, enfim, decerto convincente,
do que me torno eterno penitente,
frustrado em minha paternal missão.

A uma Candidata à Primeira Comunhão

Às catequistas da Igreja da Glória em Fortaleza

O teu doce Jesus, vivo na Eucaristia,
como triste ficou sem o teu coração
habitar e trazer-te a paz como a alegria
com a graça celestial da suave Comunhão!

Pela primeira vez sei que se encontraria
o teu pequeno ser, na maior devoção,
com o teu Jesus, porém uma adversa energia
impôs-te, em contrassenso, uma cruel frustração.

O momento alto e bom da catequese santa
imagino que a alma hoje ainda te encanta,
falando-te de Deus e das coisas do céu.

Um dia hás de, talvez, na tua idade adulta,
receber a Hóstia, e desta hás de ver que resulta
o Bem buscado sempre e além, de déu em déu.

Adeus a Pedro Paulo Montenegro

Amigo e Mestre, essa tua ausência
sentem a Universidade e a Academia
diante de tua magistral ciência,
que às várias mentes grande luz trazia.

No exercício da lúcida docência
brilhaste com critério e com mestria,
ilustrando a acadêmica existência,
que ora contempla tua face fria.

Mas as lições e os livros que deixaste
ficam atualizando-te a presença,
tesouros que não sofrerão desgaste.

Com os amigos, os filhos e Germana
ficará sempre uma saudade imensa,
que há de lembrar-te em nossa faina humana.

São Paulo, 10/6/2019.

Rimas de uma Estada em São Paulo

Para Ceiça, Jefferson e Filipe

O frio de junho e julho
favorece o nosso amor,
tornando-nos um embrulho
sob o quente cobertor.
As paisagens coloridas
a surgir, mesmo no inverno,
pelas ruas e avenidas,
alegram o mundo interno.
Afeição grande nos liga
a inesquecível jantar,
ocorrido em casa amiga:
a de Cida e de Vanor.
Ali fomos saborear,
ante a convivência antiga,
manjares feitos com amor.
Sua culinária se afina
com uma palestra bem fina.
No casal, um saber vário:
nela pulsa o literário
e nele o da Medicina.
A animação do bazar
e do chá beneficentes,
para a paróquia ajudar,
traz-nos cordiais com os clientes.
A catequese inaciana
na Igreja de São Luís
leva-nos a uma hora arcana

de profundeza feliz.
Na Igreja da Conceição,
a morte de São José
pintada me dá emoção,
confirmando minha fé.
Os ícones franciscanos,
como Luís, Rei de França,
e Isabel de Portugal,
fazem-nos ser mais humanos,
apegados à esperança
da alta promessa eternal.
Ali, o Divino Alimento,
o Cristo em seu Corpo e Sangue,
com transporte experimento
para vigor da alma exangue.
Ver da Arte Contemporânea
o Museu: quão lindas telas
e esculturas! E a instantânea
foto obter dentre as mais belas.
Constato aí que o pós-moderno
na Arte Plástica já dura,
prometendo ser eterno
seu influir na Literatura.
Pela Avenida Paulista,
caminhadas incessantes,
e sigo na livre pista,
a admirar as elegantes.

Manifestando-se o povo,
agita-se, pela rua,
contra a ambição enfermiça,
exigindo o belo e o novo,
e expondo toda a alma nua
por reformas de justiça.
Uma tristeza profunda
intercepta o bem-estar.
Infausta notícia o inunda:
traz de Pedro Paulo a morte.
Dele que, em vida, a apontar
das Letras o claro norte,
agia qual Mestre e Amigo,
fica a lembrança comigo.
Na visita à livraria
lembramos velhos autores,
sobretudo os que à Poesia
dirigiam seus pendores
como Cassiano e Guilherme,
cujos versos e mestria
arrepiam a epiderme.
Teve valor sem igual
a visita que fizemos
à Casa de Portugal.
Pressenti que os heróis lusos
com brilhos e dons extremos,
sobre mim voavam à toa,

conduzindo em si infusos
uns encantos de Lisboa.
Avultam ali como herança
do Mestre Massaud Moisés
seus livros: perseverança
de amor antes do revés.
E sobre os necessitados
ouvimos o Padre Haroldo,
que os mantém sempre abrigados
do amor cristão sob o toldo.
Maria Lídia e Inesila
presentificam o Braga
numa refeição tranquila,
em que um longe nos embriaga.
Do grande crítico e esteta
mais acendem a filha e a neta
lembrança que não se apaga.
Mas antes que se despeça
daqui a nossa saudade,
assistamos a uma peça.
Com o seu poder de comédia,
faz-nos rir muito, sem rédea,
e mais ainda nos persuade
o amplo teatro de Higienópolis
dos recursos da *metrópolis*.
Casa de Isis e Olivier:
com esses amigos jantar,

sua doce França evocando,
um motivo de prazer.
E iguarias a saborear,
regando-as do melhor vinho,
com os tais amigos me expando,
que a chegada de Fernando,
dos dois um grácil netinho,
convinha comemorar,
filho como é de Rafaela,
que por ele se desvela.
Glorificamos a vida,
por fim, no Terraço Itália,
donde a vista embevecida
pela urbe toda se espalha:
a azáfama lá, embaixo;
lá, embaixo, a concorrência;
aqui, em cima, me encaixo
na paz e na transcendência.

São Paulo, junho/2019.

Trinta Anos de Odontóloga

A minha filha Maria da Conceição

Ao longo dos trinta anos de formada,
trouxeste um rir mais franco aos teus pacientes.
Por isso uma coroa perolada
vem a fronte cingir-te. E quão te sentes,

em teu belo trabalho, realizada!
Na reconstituição de tantos dentes,
dás um nobre sentido a essa jornada,
reabilitando a vida dos clientes.

Por combateres, forte, a dor humana
e encheres de alegria muitos seres,
a estes teu coração se prende e irmana.

Bendigo-te as fecundas mãos de artista,
que juntam a Arte à Ciência, teus prazeres,
dignificando o dom de ser dentista.

Fortaleza, 07/8/2019

Hino da Escola de Ensino Infantil e Fundamental Stela Sampaio

Música de Edinardo Linhares Garcia

Estribilho

Na Escola Stela Sampaio
nos preparamos para a vida,
e a procela com o seu raio
levaremos de vencida.

Nossas famílias completando,
dispõe-se a Escola a nos formar.
Daqui sairá um alegre bando
para atuação nobre e exemplar.

Estribilho

Em Deus confiando sobretudo
e usando a força do trabalho,
que se ilumina pelo estudo,
vamos transpor qualquer atalho.

Estribilho

Na professora e grande Stela
sempre inspirados, seguiremos.
Com a luz que o seu viver revela,
o nosso ideal realizaremos.

Estribilho

Ciência e virtude o fundamento
sejam do nosso cotidiano.
É certo que, pelo talento,
se valoriza o ser humano.

Estribilho

De Lavras para a Pátria e o mundo
transferiremos nosso olhar,
à Terra dando amor profundo
e a convivência a prestigiar.

Estribilho

Ante o Novo Coronavírus

Tento ouvir-vos, Senhor, a alta mensagem
através dessa absurda pandemia.
Transparece nos casos vossa imagem
como a pregar ao mundo a parusia.

De vós forças fecundas manam e agem
contra a surdez de toda alma fria.
Pressinto que aos que agora não se engajem
no eterno Amor, clamais com energia.

Senhor, sinal dos tempos entrevejo
e voltardes Juiz em meio à crise,
ante a qual nos convém sentir o ensejo

da urgente conversão à santa grei.
E cada ser humano conscientize
precisar de cumprir a vossa lei.

Fortaleza, 21/3/2020

2

Ante este escatológico momento
imbuído de crueldade, que se eleja
a união entre todos como intento
de resistência ao mal; luz na peleja.

Poupe-nos Deus ainda e nos proteja.
Com a esperança da massa qual fermento,
o Senhor por piedade ações reveja
e torne o mundo do vexame isento.

Este instante nos sirva de mudança
da alma, até vermos que não mais avança
o mal pelos lugares investidos.

E aconteça na Terra, sobretudo,
para criação de um grandioso escudo,
uma aliança dos povos desunidos.

Elegia na Quarentena

Quanto plano interrompido,
quanto falar embargado,
quanto sonho suprimido,
quanto abraço interceptado,
quanto adeus irrealizado
com último olhar impedido!
Para muitos, sem aviso,
chega o fim, que, de improviso,
o ar foge, e ofegam os peitos,
por infortúnio, sujeitos
aos males da pandemia,
que grassa cruel e fria.
Ao redor, um clima tenso,
e o socorro dos parentes
é absurdamente defeso.
Confiam o soluço ao lenço.
Com esforços inconsequentes,
parece haver só desprezo
aos seres diante da morte.
Vários não têm os Sacramentos,
derradeiros valimentos,
que impeçam eternos tormentos.
Tudo se esvai. Desta sorte,
constata-se a maior dor:
dá-se nas vidas o corte,
e nada existe a repor.

A Incerta Perspectiva em Tempo de Covid

A Medicina e a Mídia em torno de vacina,
e a Política astuta a imiscuir-se no meio.
Nossa precariedade uma vez mais ensina,
enquanto êxitos bons espera o nosso anseio.

Inúteis discussões jogam-se na latrina.
Cada hospital, no mundo absorto, sempre cheio.
No cemitério, a fila aponta a humana sina.
Mostra alguma vacina o para que nos veio.

Com força o vírus grassa e em crueldade felina.
Impera a solidão: contato contamina...
Certos seres talvez cheguem ao esperneio.

Resta-nos apelar a Deus, que nos doutrina,
e que tudo, com o seu saber, a nós destina,
para que uma qualquer vacina traga o esteio.

Fortaleza, outubro/2020.

A Tiradentes

– *Recebe, ó Pátria, o sacrifício!* – ecoa
ainda hoje tua voz extrema
em face dos desígnios de Lisboa
contra o libertatório e justo esquema.

Confirmas, pela vida que se doa,
a insurreição de um grupo com o seu lema.
Por isso em nós aumenta e no ar reboa
o amor cívico: força, fé e poema.

Seguindo o teu exemplo de coragem,
disponibilidade e heroica oferta,
resta-nos venerar-te a grande glória.

E, defronte de tua nobre imagem,
que à devoção à Pátria nos alerta,
nosso nome inscrever, também, na História!

Fortaleza, 21/4/2020

Retratação

Já não embargo nem embargarei
nenhum voo dos canoros passarinhos.
O sossego respeito dos seus ninhos,
e guardo já da natureza a lei.

Os grãos de alpiste que lhes dou e darei
à liberdade, são como carinhos
que recolhem e fogem em desalinhos.
O canto seu desfruto, admiro e sei.

Não mais, como no tempo de menino,
prenderei cantos de aves em gaiola:
a liberdade oferta-me um ensino.

Colhendo do ar lição dessa alta escola,
em espírito, na asa de aves voo,
e um canto à vida com elas sempre entoo.

Casa

Fonte de embevecimentos
e oásis ante o adverso. A água dessa fonte.
Refúgio dos mais dúlcidos momentos
e belvedere para o longínquo horizonte.
Herança dos costumes ancestrais
e azul conchego para ações espirituais.
Dos lúcidos conselhos claro veio
e extensão do materno seio.
Remanso para toca de defesa
e ninho de ternura e de íntima surpresa.
Recanto para o da alma desafogo
como para a nudez do corpo em fogo.
Lugar de esconso para o pressentir de giro
e sopro dos fantasmas familiares
e local de um solário, ofertado ao respiro
dos mais puros ares.
Sítio de exposição das antigas alfaias,
cercado de pendentes samambaias,
no qual repousam domingueiras toalhas
e esperam empilhadas as vitualhas.
Lugar da mesa para as comunhões
ou excomunhões de ideias,
de dissabores entre discussões,
mas também de alguns dulçores,
como os vindos de insólitas colmeias
e os vindos do perdão, que elimina furores.
E lugar outrossim

do cultivo de um jardim
repleto de verdores
e de viçosas flores,
entre as quais faltam outras: caras filhas,
que seguiram daí por novas trilhas.
Esconderijo das herdadas joias
e de hospedadas, não consentidas tramoias.
Propiciação para encontrar fonemas;
para inadiáveis, bons telefonemas;
para cochichos vãos, inesgotáveis;
e as preces mais devotas e notáveis.
Enfim, abrigo ao leito, existencial fulgor,
por comportar o Sonho e as explosões do Amor.

Mensagem a Minha Mãe

As cartas, minha Mãe, porque o quiseste,
devolveram-se. Ruiu o amor primeiro.
A maior das renúncias me impuseste,
e aceitei, para honrar-te, esse certeiro

golpe. Prevaleceu Razão no teste
que me abalou então o ser inteiro.
Ostenta correção, hoje inconteste,
aquela intervenção no amor do herdeiro.

Bendigo as consequências do meu gesto
em submeter-me a ti sem um protesto,
seguindo-te a feliz antevisão:

abençoado por Deus, o lar construído
com a doce Amada oferta-me um sentido
ideal à vida e me enche o coração.

Soneto do 9 de Julho

Surgiste de grinalda e sorridente,
depois de tanto tempo eu te esperar.
Recordo a comoção tão diferente,
ao ver-te única e bela ao pé do altar.

Enfim, estavas ali, à minha frente,
para em definitivo consagrar
comigo o amor, que ainda hoje assente
no peito temos e nos faz vibrar.

Levemo-lo adiante, até a morte,
dando-nos um ao outro, e toda sorte
de dores compensando com o prazer,

o mesmo do inicial 9 de julho.
Bendigamos, com o nosso íntimo arrulho,
a graça dessa glória de viver!

Fortaleza, 9/7/2020

Convivência Amorosa

Registrei o teu nome em nossa história
e gravei nosso amor dentro do peito.
Os nossos bons momentos na memória
guardo, e da vida o ideal temos refeito.

Sarando a dor, fugindo à causa inglória,
com testemunhos ternos me deleito.
O recíproco afeto, nossa glória,
encanta o conviver do nosso leito.

E contamos reatar, após a morte,
espiritual convívio: imerso em Deus.
Que um para junto do outro se transporte.

Na morte, se unam os encantos teus
aos do céu sob os sons de alto clarim.
Destarte, o nosso amor não terá fim.

Cançoneta

Segredo o teu nome ao vento
e digo o teu nome ao mar.
Sabes logo o meu intento,
se te começo a beijar.

Após ter-te em pensamento,
convido-te para amar.
Afasto todo tormento,
indo feliz te sondar.

O peito pulsa sedento,
ao me envolver teu olhar.
Nos teus suspiros atento:
quero melhor te gozar.

Poesia em nós tem assento,
trazemos no íntimo o luar:
pelo belo que fomento,
sinto Deus nos abraçar.

O nosso amor é alimento
que a alma e o corpo vão buscar,
para, dando-nos alento,
a vida glorificar.

Mais um Poema para a Musa

Desejas mais um poema além dos tantos
que te escrevi, falando sobre o amor
e te exaltando os dotes e os encantos,
modo de superar-se em nós a dor.

Queres que eu torne, em novos acalantos,
nosso prazer supremo a te propor;
a Deus a unir-nos; a afastar os prantos;
e a doar-te flores de um variado odor.

Cada momento poético é extremado
como este sobre o amor, e faz alado
o peito inquieto por ansiar o Ser.

Mais um poema como este, que componho,
a ti ofertar, é cultivar o sonho
e alcançar o sentido de viver.

A Cleonice Berardinelli Provecta

Com a Parker que te dei, me dirigiste
emocionante e última mensagem.
Mestra querida, como agora é triste
relembrar teu vigor na antiga imagem!

Porém o ensinamento teu persiste
pela mestria e a argúcia da sondagem.
Contra a parca com o dedo sempre em riste
salva-te o teu conceito como um pajem.

Se o tempo abala as fracas estruturas,
nas fortes que criaste hoje fulguras,
e firmes ficarão em nosso mundo,

a instruir os alunos e os leitores,
que hão de orientar-se com as várias cores
do teu saber lusíada e profundo.

Prece ao Coração de Jesus

A Gertrudes mostraste a majestade,
a mágoa revelaste a Margarida,
a alta misericórdia à Irmã Faustina.
A primeira das coisas o orbe invade,

a outra te expõe a crucial ferida,
acolhe a todos a última e ilumina.
A um amor tão grandioso assim quem há de
resistir ante os males desta vida?

Ó doce Coração, perdoas e ensinas,
esperas-nos e a nós o céu destinas.
Teu ansioso pulsar ao bem convida.

Peço-te: do pecado estrói a grade,
que nos pode manter a alma rendida,
para fazermos só o que a ti agrade.

Apelo a Cristo Misericordioso

Não permitas que o sangue derramado
no teu martírio venha a se perder
em relação a mim e a todo amado
ser da família. Pelo teu poder,

não deixes que o castigo do pecado
nos alcance, vedando-nos te ver,
de algum de nós fazendo um condenado,
do abismo eterno sem jamais se erguer.

Também muito infeliz e algo estranho
seria, se, dentre as da família minha,
uma ovelha faltar ao teu rebanho.

Não a recuperares, Bom Pastor,
seria esquecer nosso labor na vinha.
Não se percam por nós teu sangue e amor!

Prece a Santa Catarina de Sena

Lembrando teres sido, Irmã de Sena,
alimentada só da Eucaristia,
sinto aguçar-se em mim, na quarentena,
a ânsia de receber o Pão da Vida,
consolação há muito apetecida.
Oh grande e santa virgem Catarina,
rogo-te me alcançares, já, a alegria
e o doce enlevo de abrigar a Cristo,
presença real de Deus na Hóstia divina,
a suplantar as manhas de Mefisto.
Da absurda pandemia do corona
livre-me tua bênção de patrona.
E, se influenciaste os Papas de Avinhão,
a mente me ilumina e o coração.

Prece a São Lourenço

Pelo fogo da grelha a arder, que te queimou,
dando-te do martírio a palma e a veste,
livra-nos das sem fim chamas do inferno,
e abrasa o nosso mundo interno
com o fogo de um eterno amor.
Pelo zelo eclesial que tu tiveste
no teu glorioso diaconato,
os pobres a ajudar com o mais intenso ardor,
afasta-nos de todo injusto ato
e também faze nosso peito arder
de caridoso fervor,
cumprindo para com o irmão o dever.
E pelo desafio do corpo assado,
aos poucos resistindo cada lado,
até morreres pela esbraseada grelha,
da teimosia liberta-nos (tão velha)
do nosso apego ao pecado.

Conhecimento de Santo Agostinho

A Mons. Manfredo Ramos, agostiniano.

Falar do poeta místico e retor,
Bispo de Hipona e Cidadão do Céu,
é reconstituir todo o furor
da carne do homem a parecer incréu.

Crê-se que com o orante e intenso pranto
pela transformação do filho agiu
junto a Deus sua mãe, surgindo o santo,
que do favor divino se imbuiu.

Depois de a alma se encher de incrível jaça,
visita-o o êxtase de fé e amor,
e chega a ser até Doutor da Graça,
lavado pelo Sangue Redentor.

2

Afastou-o com a graça Deus clemente
dos vícios cometidos já em Tagasta.
Preso a Mônica e Ambrósio, o peito assente
em abrigar a Luz de que se basta.

Ao Altíssimo, assim, ficou temente,
e a vida de desmando eis que contrasta
com a do amor ao seu Cristo no presente,
conhecendo a si mesma a alma casta.

N´*As Confissões* abre-se ao mundo todo
o imo, a ensinar, com lucidez, denodo,
o jugo do querer pela razão.

N´*A Cidade de Deus* foca-se o externo
espaço, a refletir o tempo eterno,
o do homem na beatífica visão.

Conhecimento de Santo Inácio

Ao Pe. Eugênio Pacelli Correia Aguiar, inaciano.

De Manresa à criação da Companhia
percorreu Santo Inácio de Loyola
penosa e ao mesmo tempo doce via,
preso à vontade que magoa e consola.

Orientado por esta com alegria
e dor tenazes, a Jesus se cola,
procurando sentir o que sentia
seu Mestre, e o próprio ser eis que extrapola.

Concebe os *Exercícios*, seu legado,
pela aura bafejando-os de soldado
da fé, para noviços e cristãos.

Força da Igreja até contra a Reforma,
impôs pela virtude sua norma
de viver ante os vícios maus e vãos.

2

Com seu lema de luta e santidade,
Tudo pela maior glória de Deus,
e a guiar-se pela força de vontade,
converte os pecadores e os ateus.

Inspiração divina o ser lhe invade.
Em Mont'Serrate a espada, pelos seus
novos combates, deixa, e a sociedade
impressiona com o dom dos corifeus.

Conventos e colégios instituindo,
com ensinos e labores foi influindo
em variados segmentos. Qual Xavier,

outros tantos as luzes missionárias
de Inácio ao mundo levam tão gregárias,
até quando de novo Cristo vier.

Prece a São João Batista

Por teres exultado, ainda, no seio materno,
diante da saudação da Mãe do Salvador;
por teres apontado, acaso muito terno,
o Cordeiro de Deus como seu Precursor;

por teres aplainado, à volta, o mundo interno
dos ouvintes e, assim, as vias do Senhor,
opondo a penitência ao vil poder do inferno,
dá-nos plantar no peito um divino fervor.

Também de Deus obtém para nós, batizados,
pelo batismo que ministraste a Jesus
e o martírio pedido ao rei por Salomé,

que sejamos, qual tu, no céu glorificados,
não se apagando nunca em nós do amor a luz,
nem por nós se traindo a grande luz da fé.

A Teresa d'Ávila, Poetisa e Santa

Entre contemplativa e prática construíste
luminoso seguir no rumo das alturas.
Ante a levitação e os êxtases, possuíste
o mais ardente amor a Deus, no qual perduras.

Afligida com a doença, esta não foi tão triste,
por te haver conduzido às emoções tão puras.
O Carmelo com João da Cruz reconstruíste,
trazendo-lhe fervor maior, regras mais duras.

Bela no corpo e mais ainda bela na alma,
apegada à oração, a silêncios e à calma,
confessaste a poetar: *Morro porque não morro*,

só por ansiar a Luz inefável da glória.
Até que ela te encerra a edificante história,
vindo buscar-te, enfim, com o seu brando socorro.

Culto a São João da Cruz, Carmelita Descalço

João da Cruz, santo, poeta e místico doutor,
no Carmelo ajudaste aos ideais de Teresa.
De Deus, na vida, entregue ao mais intenso amor,
tinhas constantemente a alma às orações presa.

Dos calçados irmãos sofreste a vil fereza
da fome na prisão, do açoite em desamor,
para dobrares tua ardente natureza,
votada plenamente a servir ao Senhor.

Dos poetas espanhóis proclamado padroeiro,
e pela obra eternal mentor do mundo inteiro,
sabias como chegar até a mansão celeste.

Releio-te a doutrina e os piedosos poemas,
imbuídos de fervor, de virtudes extremas,
e venero as lições que na Terra nos deste.

Prece ao Anjo da Guarda

Constante inspirador das minhas atitudes,
o sopro a transmitir do Espírito Divino,
suscitas à minha alma a essência das virtudes,
pões-te a me defender, desde quando eu menino.

Nunca te contristar! E que me escudes
ante a inclinação má e todo desatino.
Sob a graça de Deus espero que transmudes
em luz a escuridão por teu secreto ensino.

De minha Mãe ao colo aprendi que existias
e que, bem junto a mim, fiel me protegias
contra qualquer perigo, ataque ou desamor.

Como orava a esse colo amado, quando criança,
e, apesar de imperfeito, encho-me de esperança:
continua a guardar meu ser para o Senhor!

Louvor a São Paulo

"[...] êste é um instrumento escolhido por mim para levar o meu nome diante das gentes, e dos reis, e dos filhos de Israel." At 9, 15-16

Após a abrupta aparição de Cristo
a ti na estrada de Damasco,
caíste e, já cegando,
vieste a enxergar mais em teu ofício
de Apóstolo eficiente dos gentios.
A imposição das mãos por Ananias
curou-te os olhos e encheu-te
todo do Espírito Santo,
para que de Jesus o nome fosse um lema
para ti e por ele o amor te fosse encanto.
A espada é o teu emblema.
Por meio dela perseguiste a Cristo
e empunhando-a, pacífico lutaste
como arauto do Evangelho,
e foi-te pelo fio de uma espada
a cabeça decepada,
para satisfazeres o alto anelo
da glória do bom combate.
Porque pregaste e viveste
a loucura da cruz,
ganhaste a eterna luz.
Por colocares o saber de Deus
acima do saber dos homens,
pautaste tua vida e a pregação

pela clareza do Espírito,
a fim de convencer e comover,
no mundo, cada mente e cada coração.
Só com a definição e o elogio
do amor na tua ideal Carta aos Coríntios,
que, com frequência, meditando-a, leio,
louvo e proclamo a altura do teu brio
e seres da Santa Igreja –
(que por causa de ti bendita seja) –
o mais vibrante e o mais seguro esteio.

Confissão e Agradecimento

Confesso-vos, meu Deus, o que sabeis:
meus pecados e minha pequenez.
O que de mau está presente em mim
não vem de vós: – de minha natureza.
E o que tenho, pratico e sou de bom
constitui, como o sinto, vosso dom.
E tudo isso acontece até meu fim.
Sou-vos grato por minha mente acesa,
pela riqueza, assim, do meu pensar,
levando-me sem conta a vos louvar.
Com ele vou a sondar a profundeza
e descubro detalhes da beleza.
Mas a fertilidade dessa mente
às vezes explorou a vã lascívia,
com que a virtude tanto se desmente,
produzindo o que é digno da lixívia.
E usei com a mente o juízo temerário,
que decerto agravou vosso calvário.
Agradeço-vos muito o coração,
por sempre se inclinar à comoção.
E, embora haja acolhido maus desejos,
dando à impureza pérfidos ensejos,
nenhum ódio cultiva contra o irmão,
cumprindo a lei de amar os inimigos,
concedendo-lhes fácil meu perdão,
e posso até guardá-los de perigos.
Grato, meu Deus, porque me deste ao peito
minha Amada, a maior graça, e que estreito.

Reflexão

Certo: a misericórdia fiel de Deus
nivela o mérito dos últimos
operários da vinha ao dos primeiros.
E a recompensa atingirá,
no mesmo parâmetro, a todos.
O privilégio dos chamados últimos
corresponde à alegria que há no céu
por algum pecador que se converte.
Medito e, logo após, aceito e acato
em cada pensamento ou ato,
toda a Palavra de Deus,
misterioso, secreto, inapreensível
tanto em seu desígnio sublime
como na providência em que se exprime.
Enfim, para completa segurança
do prometido prêmio eterno
e mesmo por prazer de amar o Altíssimo,
refletido em qualquer rosto fraterno,
busco ser, entre os muitos operários,
a trabalhar como quem não se cansa,
humildemente um dos primeiros
a apostar, sempre, sempre na esperança.

Pelo Ser Humano

O eco de tua voz, George Floyd,
– eu não posso respirar! –
não pôde ser sufocado
pelo racismo opressor.
Emitido de Minneápolis,
repercute pelo ar,
denunciando o desamor.
Penetra na consciência das pessoas,
retumba pelas ruas das cidades,
sobe por montes, pelo mar ecoa.
Escala o espaço, indo no foguete
enviado pela Nasa e a Spacex,
a indigitar o ilícito sem nexo.
O brado aos céus mantém perseverança
entre humanos clamores de esperança.
– Eu não posso respirar! –
é o grito que se repete,
não grito dos que se afetam
com o vírus da epidemia,
desse outro sendo o reflexo,
mas o que une com a revolta
os peitos num grande amplexo,
afastando a anestesia
da opinião nunca fria.
– Eu não posso respirar! –
um eco não sufocado,
que rompe as trevas da noite

e impregna o raiar da aurora,
pelo vento a ser levado.
Vai às telas de tevê,
a aniquilar o lazer,
protestando sem demora
contra o ato desumano,
feito a um ser tão desamado.
– Eu não poso respirar! –
esse o brado que não pode
ser sufocado, que explode
e o mundo todo sacode,
a justiça a reclamar.

Pela Vida

A Santa Gianna Beretta Molla,
mártir do Amor Materno.

Pelo aborto jamais serei. Sou pela vida.
E desde a concepção à morte natural.
Se nunca hei de aprovar a vil pena de morte,
não aprovo também, decerto, qualquer sorte

de interrupção vital, pelos maus exercida,
e sei que assumo, assim, atitude cabal.
A lei de Deus é só uma: *Não matarás*.
Pondo-a acima da lei dos homens, de seu juízo,

por aquela me oriento, e isso me satisfaz.
Defendo-a e, se um extremo acaso for preciso,
sou capaz de morrer por ela numa lida.

Incondicionalmente, pois, sou pela vida,
e o clamor dos que não puderem defendê-la
emito a toda parte, até a cada estrela.

Conselho pelo Dom Vital

Recrie a vida sorrindo,*
e tudo florescerá,
ficará tudo mais lindo,
um vale de Josafá.

Todo mal se achará findo,
tudo rir parecerá,
e seguir o ar, atraindo,
da Rainha de Sabá.

Um bem-estar nobre e infindo
o sorrir habitará,
e a dor ver-se-á se extinguindo.

Sob os sons dó, ré, mi, fá...
e ante luzes só fluindo,
a vida prosseguirá.

---

* Frase usada pela filha do autor, Dra. Maria da Conceição, em comunicações odontológicas com os seus pacientes.

Prece ao Beato Carlo Acutis

Por teu fiel amor à Eucaristia,
para o céu constituindo-a uma *autoestrada*;
por tua devoção à Mãe Maria;
por ter tua alma a Deus sido ofertada;

pela constante dor da leucemia
nas mãos dele por ti depositada,
torna-te nossa ajuda, força e guia,
para reconhecermos nosso nada.

Modelo certo que és da juventude,
a evangelizar tanto com a internet,
brilhe no mundo atual tua virtude.

Assim como na vida tu agias,
penso que em grande parte a ti compete
salvar os jovens nestes nossos dias.

Ante as *Fake News*

Insinua-se o vírus da mentira
por mentes, peitos, redes sociais.
Com o covid compete, tendo em mira
abalos, confusões cada vez mais.

Origem irresponsável nos atira
seu veneno com risos desleais,
quando se esperam, sem maldade ou ira,
notícias verdadeiras e cabais.

Ante tantos enganos, nos escude
a inconcussa Verdade, no chão rude:
a de Deus, *sempre antiga e sempre nova,*

que devemos buscar em profundeza,
na medida em que a sua alta certeza
pode ser submetida a toda prova.

Santidade

A nossa vocação é sermos santos,
imitando atitudes de Jesus,
consagrando-lhe os risos como os prantos,
levando cada dia a nossa cruz.

À espera de eternais, doces encantos,
puro amor ante a dor nos seja luz.
E assim, pelos entraves cruéis e tantos,
a graça do Alto sei que nos conduz.

O Pai, ao criar-nos, criou tal vocação,
e não se perca o Sangue do Cordeiro,
por nossa alma vertido em salvação.

Sua eficácia abrange o mundo inteiro
e, se do amor seguirem o roteiro,
muitos em Deus a glória cantarão.

União com Nossos Mortos

A nós muito a saudade os aproxima,
porém à vida não os traz realmente.
Sem que uma só palavra a nós exprima,
o seu físico sempre fica ausente.

Pensamos que eles bem nos veem de cima
e em nosso ser deixaram uma semente
de amor e de atração, que nos sublima,
quando sua lembrança o peito sente.

Lembrá-los dói-nos tanto, mas consola
saber que ainda nos amam nossos entes
na morte. E o seu exemplo nos controla.

Revivem pela fé esses parentes.
Imperceptíveis são e transcendentes
suas auras, um bem que age e se evola.

Momento 7

Já é tempo de ficar sempre à espera
da que em definitivo há de vir
ceifar-me a vida
como num assalto.
Às santas mãos de Deus me entrego,
aos seus desígnios vindos do alto.
E, enquanto fico absorto, me abandono
(de nada sendo sabedor)
à inconsciência do sono
e às vigílias de consolo
que ora me oferece o amor.

Momento 8

Ao lado das caminhadas
cumpridas cada dia, ao sol,
o privilégio de eu respirar fundo,
haurindo a música do meu recanto
nas flores, notas variadas,
e no cântico dos pássaros.
Esse o quadro de consolo
que, com o amor, presente incrível,
se entretece no entardecer,
perto da hora do último arrolo
das aves junto, ali,
da lareira invisível.

Momento 9

Onde estás, dama eterna e ideal dos meus encantos?
Tu te escondes acaso ou foges dos meus Cantos,
Poesia? Dos meus carmes, canções minhas...,
dos meus acaso últimos momentos,
paroxismos, talvez, de sentimentos?
Porém estás nas muitas entrelinhas;
viva em enunciações; entretons da paisagem;
sob o tempo chuvoso ou sob a estiagem;
nos semitons do cântico das aves;
nas auras do misticismo;
na penumbra dos suspiros amorosos;
na latência dos íntimos gozos,
já que és, ainda, em meu entardecer,
de Deus a mesma antiga e nova imagem,
és confundida com a Amada
e uma querida e terna personagem.

Momento 10

Berço de minha infância,
revivescência azul dos melhores instantes,
percorrem tua luz e sedução,
junto ao dulçor do Rio, todo o sangue.
Porém, na realidade, estás distante.
Sonho, por isso, visitar-te
na insistência secreta de buscar-te.
A ti vou tendo acesso, em viagem, pelo trem,
ouvindo, sem cessar, um estribilho
com as rodas férreas a cantar no trilho.
Ao chegar, monto destro o meu cavalo;
solto, como em São João, fogos de estalo.
No meu balanço fruo o prazer do vai-e-vem;
na relva, em frente à minha casa e ao sol,
com os companheiros jogo futebol.
Mas, para mim, és, sobretudo,
ó Lavras, um afeto mudo
e um não sei quê que não me cansa,
unindo da existência as duas pontas
numa ilusória esperança,
com que reencontro a mim mesmo
ante a amada lembrança de meus pais.
E preenches com teu vulto, em devaneios,
o coração, que busca nestes paz.

Momento 11

Não as posso esquecer.
As filhas do sangue e da alma
nestes instantes do entardecer.
Por elas levarei a palma
de sacrifícios árduos da vida,
também as flores perfumosas
de deleites com que fizeram
minha existência mais querida
e as horas bem mais leves e ditosas.
Se lhes dei prematuro testamento,
confirmo agora toda a herança,
que ali o meu carinho lança
já como bênção do último momento.

Momento 12

Identifico-me com esta hora
do vespertino crepúsculo,
em que a Terra toda ora
e, em mim, vai-se abatendo cada músculo.
Hora das secretas despedidas,
do vazio nas ruas e avenidas.
Após comer o alpiste
que lhes dou, os passarinhos
fogem para os galhos ou seus ninhos.
E tudo se despede como o Sol
que, inebriado aos poucos por dose
de um vermelho vinho,
na agonia, ao longe pinta
para o peito e para os olhos
a extrema e ensanguentada apoteose.

Soneto de Aniversário

Chegares a oitenta anos, quem o diria!
Deus à existência oferta-te esse feito.
Corro a comemorar, com alegria,
o tempo em que, contigo, me deleito.

És uma construtora dia a dia.
Teu amor fez-me sempre satisfeito
o coração, que se enche de poesia
cada vez que te miro ou que te estreito.

Deste-me filhas, frutos benfazejos,
que à vida nos trouxeram mais sabor
e são os nossos ternos quatro beijos.

À convivência emprestas luz e cor
e, apesar da velhice, com desejos
seguimos bem unidos pelo amor.

Pelo Afeganistão

Leio penalizado a carta aberta
da cineasta afegã Sahraa Karimi,*
em que a dor angustiante e a sorte incerta
se mostram ante o Talibã que oprime.

Quem, em socorro, para o impasse alerta?
Que nação o infeliz povo redime?
Que força decisiva a este se oferta
contra a garra cruel e o infame crime?

Por ser salva a Mulher e a Arte liberta,
meu grito com essa carta se concerta.
Enfim, pelos costumes de Cabul,

meu clamor com veemência ora se exprime,
e com a palavra amor se ligue e rime,
o humano a defender de norte a sul.

Fortaleza, agosto/2021.

* Diretora de cinema e atual diretora-geral da Afghan Film, a única empresa cinematográfica estatal no Afeganistão, fundada em 1968.

Nos 80 Anos de D.ª Socorro Freitas A. de Oliveira

Mãe de Ariadna, Jefferson, Adriana
e esposa de Maury, Dona Socorro,
no seu aniversário, eis que engalana
a casa, e por seu bem a Deus recorro.

Meu ser aos familiares seus se irmana
e para homenageá-la agora corro.
Ela sobre eles bênçãos espadana,
e a luz do céu sobre ela desça em jorro.

Abra-se-lhe o sorriso doce, ainda,
por muitos anos, a fazer mais linda
a existência dos filhos e dos netos,

edificando os vários circunstantes
além de amigos, que, por bons instantes,
com alegria lhe dedicam afetos.

Ante a Guerra na Ucrânia

Sede de sangue expõe o poderio,
e a ambição torpe faz um peito frio.
Perplexo, o nosso mundo com a chacina
e a destruição, que os seres assassina.

A ameaça nuclear nos amedronta,
inquieta-nos a mente e deixa-a tonta.
Os males de Hiroshima e Nagasaki
repetirão ferozes seu ataque?

Ucrânia: gritos fortes, angustiantes,
a reboar por todos os quadrantes,
para vingar-se a morte do inocente!

Deus preserve o universo da extinção
também a humanidade contra a ação
do pulso arrasador de um imprudente.

Relutâncias e Remates

Sei que entardece em mim. Sei que entardece.
À Amada me seguro, ao poema e à prece.
A memória já não me acode pronta,
visita-me o desânimo com a afronta,

que os músculos estão enfraquecendo.
O verso a que devoto ingente apreço,
reluta muito para vir nascendo.
No entanto a nada quero ser avesso.

E sigo, a compensar esse tão fero,
contumaz infortúnio com as dormentes
notas do meu cantar, no imo presentes,

pois delas venço o resistir severo.
Exalo, num louvor, suspiro a Deus
e fico preso, Amada, aos lábios teus.

O Processo Poético

Poeta sou. E, apesar de tudo adverso
conspirar contra o sentimento e a arte,
a Poesia me acode, e surge o verso,
que vou distribuindo a toda parte.

Peço a Deus que do Canto não se farte
o peito nem do encanto do universo,
enquanto pelos seres se reparte
a alta intuição em que me vejo imerso.

Ora o peito, ora o Canto alguma vez
à estesia oferece resistência.
Porém reconhecendo a pequenez,

nesse instante, do quanto me componho,
o esforço esgoto e vou do Verbo à essência,
para que se recrie a Vida e o Sonho.

Juquehy na Tarde da Vida

Viemos espairecer
na Praia de Juquehy
e um pouco nos esquecer
da tarde, em nós aqui.

Desfrutamos do sol brando,
pisando a areia da praia,
admirando aves em bando
e cada onda que se espraia.

Ilhas lembram um talhado
monte, o Boqueirão nativo:
Lavras surge do passado
e na saudade a revivo.

Frequentamos o Bistrô
que ótimo peixe prepara.
O prazer da mesa vou
unindo ao da vista rara.

Vejo o místico ao profano
juntar-se em pintadas telas,
descreve-se ali o humano
em cores várias e belas.

Ao casamento assistimos
de Letícia com Rodrigo.
Ressaltem-se os muitos mimos
desse evento que bendigo.

Pais dele, Vera e Maurício,
amigos de longa data.
Cubra os noivos benefício
do céu em medida exata.

Apesar da triste tarde
dentro em nós também aqui,
com sua dor sem alarde,
folgamos em Juquehy.

À Democracia

Vibre e por tudo se expanda
o alto espírito do povo,
que sobre as leis age e manda
constantemente e em renovo.

Democracia se chama
esse elo que nos liga.
O nosso valor proclama,
sob sua luz nos abriga.

Fomento para a Justiça,
fazendo todos iguais.
No seu campo surge e viça
a flor de nobres ideais.

É base da Liberdade,
impulso para o progresso,
seu influxo nos invade
e no peito está impresso.

Salve, salve, força ingente,
ó bem de cidadania,
escudo de toda a gente,
vigor de sã ousadia!

O capital e o trabalho
unidos te representam
e, assim, de todo ato falho,
fortalecida, te isentam.

Ante a adversa posição,
a ti seremos fiéis,
tendo a mente e o coração
convictos, sempre, a teus pés.

São Paulo, 11/08/2022.

No Bicentenário da Independência do Brasil

A independência chega aos seus duzentos anos!
Fundamentada está em longa trajetória
de sangrenta ousadia e complicados planos.
Quanta vida partiu com expressiva memória!
Alta conquista assim não traga desenganos,
nem reduza o País a um conceito de escória.
Ninguém se veja excluído aqui por maus e insanos
grupos, a conspurcar dignos louros da História.

Honrem-se nomes como o de Pedro I,
a concentrar no grito o amor tão verdadeiro
de entes excepcionais qual Filipe dos Santos,
Tiradentes, (alguns presos ao pelourinho),
e Bárbara Heliodora e Alvarenga Peixoto,
todos a defender, com ardor, o pátrio ninho,
querendo ver florir da liberdade o broto
e cujos feitos foram e são épicos cantos!

Despedida do Alunado a Cleonice Berardinelli

Mestra querida, adeus! Descansa em paz.
Fica conosco, entanto, o que construíste.
Se o nosso coração deplora triste
teu passamento, não some jamais

a luz do teu saber. Em nós persiste
tudo o que foste de condão capaz
de a mente nos formar. Não se desfaz
tua marca nos seres que instruíste.

As lições emitias com doçura.
Por isso o que plantaste em nós, perdura;
dói-nos, por isso, dar-te o nosso adeus.

Esperamos, porém, que a pessoana
que tanta claridade ainda espadana,
conheça em recompensa a luz de Deus.

Despedida a Bento XVI

Bento, não te pesaram teologias;
a administração da Santa Sé
foi o que te pesou, pois não podias
mais os problemas enfrentar de pé.

Decisão corajosa: renuncias.
Com a maior humildade, cheio de fé,
conviveste depois com as alegrias
de homem fiel a Jesus de Nazaré.

Partes. Tua missão reluz cumprida.
Deixas a cristandade comovida
por teu amor ao Cristo que pregaste.

Se a Igreja continua sem desgaste,
os ensinos que o Espírito inspirou,
de ti fizeram sábio de alto voo.

Despedida ao Rei Pelé

Mágico dos gramados, rei da bola,
e da História o maior, mais alto atleta,
tua fama limites extrapola:
luziu ilimitada tua meta.

Teus dribles e teus gois criaram escola.
A habilidade tua fluiu completa.
Muito triste o partires, mas consola
deixares as lições de imenso esteta

do futebol, pois no-las deste com arte,
estádios empolgando em toda parte,
e a engrandecer o povo brasileiro.

Rendemos-te, por isso, nosso culto,
entrevendo nos campos o teu vulto,
a espargir emoções no mundo inteiro!

Contra os Golpistas de 8 de Janeiro

Sangra o íntimo patriota e democrata
ante o atentado contra os três Poderes.
Pátria! se em nós teu rosto se retrata,
bem forte clamas dentro, em nossos seres.

Monte de malfeitores te maltrata.
Mas, recebendo ultrajes ao te veres,
teus filhos fiéis far-te-emos uma exata
desafronta, cumprindo-se os deveres.

Ferido o quadro do Di Cavalcante,
a fim de que não mais a vista encante,
e o histórico relógio destruído ...

eis golpes na Cultura e em ti, Nação.
Mas, a enfrentar revoltas com ruído,
nossos pátrios ideais de pé estarão!

Pelos Yanomamis

Toda a terra, que é deles, clama forte
por urgente socorro e por justiça.
Desnutrição e abusos, eis a sorte
do povo a que tal maldição se enliça.

Vê-se que sobre ele grassa a morte,
com embates desiguais, em sua liça.
Esse povo caminha sem um norte,
que a identidade querem-lhe postiça.

Cada ser yanomami se transforme
em alguém digno como os da cidade,
acontecendo tudo às leis conforme.

Yanomamis! Empresto-lhes a voz,
para que se incorporem de verdade
à vida social de todos nós.

Ante o Terremoto

Solidário me encontro, pela dor,
com os que, no terremoto da Turquia
e da Síria, sofreram a agonia
de acidente tão cheio de furor.

Creio-me no lugar aterrador
de quem, sob os escombros, se sentia
sem esperança, em escuridão tão fria;
sem poder ser ouvido em seu clamor.

Esse que foi pegado de surpresa
pelas agitações da natureza,
de um bombardeio achando se tratar,

nunca na vida viu-se com igual susto.
Ouso entendê-lo, enfim, de modo justo
e nele quase chego a me integrar.

Canção da Convivência*

Nossa febre, nossos sonhos,
a nossa mútua atração
ora e em dias que virão.
Nossas almas, esses dois
frutos, nascidos inconhos,
que se uniram mais, depois.
Nossos corpos conectados,
cada um ao outro se doando,
todo dia mais buscando
ficar de amor encantados.
Nossas surpresas, conquistas;
umas de Deus sendo pistas.
Nossa alegria conjunta
pela nossa convivência,
que a Aldebarã já nos junta,
sentido impondo à existência.
Nossa parcela de sono
após com ardor navegar,
tornando-se o inverno o outono
por força de muito amar.
O nosso desfeito entono
no empenho de nos perdoar.
A receptiva renúncia
para a chama conservar,
dando-se aquela por núncia
do eterno bem se alcançar.
Teus frenesis de paixão

e os meus frêmitos de amor
por chão, mar, aonde for,
como picos de emoção
e extremos de adoração,
muitas vezes repetidos,
os revezes compensando,
sem nos deixarem contidos
ante as dores vindo em bando.
Nossa *saudosa maloca*
transformada num navio
por dom, labor, desafio.
Tudo isso, o que nos toca,
fogo que afugenta o frio,
são coisas de que dispomos,
são as coisas com que somos,
as que dão prazer ou doem,
coisas, enfim, que constroem.

---

* Republicado por necessidade de emenda e por calhar com ser quase um fecho da presente coleção de poemas.

Nos Oitenta e Quatro Anos de Idade

Tenho a dupla feição do mito Jano:
olho o passado e miro algum futuro.
Num, certa glória; no outro, vejo um plano,
culminado com o fim, que não descuro.

Devo-me preparar cada hora do ano,
para a Deus encontrar longe do escuro.
Temo a abismo chegar torpe, vesano,
mas quero sempre a Luz: tanto a procuro!

À volta compartilho os fiéis festejos,
lembrados os meus caros circunstantes
do que com eles passei no ontem feliz.

Esquecem minhas faltas e, entre beijos
e abraços, cantam minhas horas de antes.
Anseio melhorar tudo o que fiz.

Em 28/02/2023.

Supremo Canto

O meu supremo Canto é o que se enche de Lua,
para glorificar minha afeição à vida.
O que se constitui na extrema despedida,
de tudo me despoja e é toda a alma nua.

É a entrega a Deus, que em paz tudo se consolida.
Assim, sou um que já não ousa nem atua.
O meu supremo Canto é ablação sem ferida,
um último pulsar. (O tempo não recua).

O meu último olhar, minha voz derradeira.
Após lições, de giz um pouco de poeira,
o sonho que, retraído, hoje não mais flutua...

O meu supremo Canto é água que ora se escoa,
triste apogeu, Amor, que o peito meu te doa,
é este beijo do adeus na ardente boca tua.

Sobre o Autor

ADERALDO, Noemi Elisa. Acerca do ensaísta-poeta Linhares Filho. *Revista da Academia Cearense de Letras,* Fortaleza, Ano CXVII, v.74, 2013. p.63-67

ALENCAR, Edigar de. Seu "Tempo de Colheita" (belo título). In: Linhares Filho. *Itinerário*: trinta anos de poesia. São Paulo: Scortecci, 1998 [orelha, opinião transcrita de correspondência].

ALMEIDA, Rodrigo de. A influência [de Fernando Pessoa] nos autores portugueses e brasileiros. *Tribuna do Ceará,* Fortaleza, 22/out./1995 [reportagem sobre esse tema explorado por Linhares Filho no livro *A modernidade da poesia de Fernando Pessoa,* ainda inédito na época].

AMARO, Luís. Sobre *Ironia, humor e latência nas Memórias Póstumas.* In: Linhares Filho. *Rebuscas e reencontros.* Fortaleza: UFC/Casa de José de Alencar, 1996 [opinião transcrita de correspondência]. p. 140-141

ANDRADE, Carlos Drummond de. Linhares Filho visto por Drummond em quatro tempos. In: Linhares Filho. *Itinerário*: trinta anos de poesia. São Paulo: Scortecci, 1998 [contracapa, opiniões transcritas de correspondências].

________. Carta de Drummond ao autor. In: Linhares Filho. *O amor e outros aspectos em Drummond.* Fortaleza: Editora UFC, 2002. p. xiii

________. Sobre o crítico Linhares Filho. In: Linhares Filho. *O amor e outros aspectos em Drummond.* Fortaleza: Editora UFC, 2002 [orelha, opiniões transcritas de correspondências].

ARAÚJO, Antônio Martins. Parabéns pela feliz seleção dos seus *50 Poemas.* In: Linhares Filho. *No Limiar do Inverno.* Fortaleza: Expressão Gráfica Editora, 2010 [opinião transcrita de correspondência, orelha].

AZEVEDO, Sânzio de. Linhares Filho. In: ___. *Literatura cearense*. Fortaleza: Academia Cearense de Letras, 1976. p. 549-552

________. Novo livro de Linhares Filho. *O Povo,* Fortaleza, 7/nov./1983.

________. A colheita poética de Linhares Filho. In:___. *Novos ensaios de literatura cearense*. Fortaleza: UFC/Casa de José de Alencar, 1992. p. 75-80

________. Linhares Filho: poesia e artesanato. In: Linhares Filho. *Andanças e marinhagens*. Fortaleza: UFC/Casa de José de Alencar, 1993. p. 9-13

________. *Rebuscas e reencontros*, de Linhares Filho. *Diário do Nordeste*, Fortaleza, 16/nov./1997.

________. Linhares Filho, Príncipe dos Poetas Cearenses. *Revista da Academia Cearense de Letras*, Fortaleza, Ano CXXI, v.77, 2016. p. 133-148

BARBOSA FILHO, Hildeberto. Opinião sobre *Notícias de bordo* e *Cantos de fuga e ancoragem*. In: Linhares Filho. *50 poemas escolhidos pelo autor*. Rio de Janeiro: Edições Galo Branco, 2008. [opinião transcrita de correspondência].

BARBOSA, Lourdinha Leite. Intertextualidades camonianas. *Café das artes*. Fortaleza, Ano II, n. 3, jul., 2000. p. 24-26

________. Linhares Filho: poesia essencial e abrangente. *Diário do Nordeste, Fortaleza, 30/11/2014.*

BARROSO, Antônio Girão. Mini-sinantologia 2-(5). *Correio do Ceará*, Fortaleza, 11/maio/1968.

________. Revista; Quanta poesia, mano (XXIII). *Tribuna do Ceará*, Fortaleza, nov./1984 [opinião sobre *Frutos da noite de trégua*].

BARROSO, Parsifal. A voz das coisas. *O Povo*, Fortaleza, 9/dez./1979.

BENEVIDES, Artur Eduardo. Novo grupo literário cearense. *Unitário*, Fortaleza, 2/jun./1968.

________. Saudação a um jovem poeta. *Unitário*, Fortaleza, 2/nov./1968.

________. Linhares Filho e a metáfora do mar em Machado de Assis. *Correio do Ceará*, Fortaleza, 10/fev./1979.

________. No mundo da poesia. *Correio do Ceará*, Fortaleza, 7/jul./1979.

________. A poesia de Linhares Filho. *Notícias Culturais*, Fortaleza, nov./1993.

________. Miguel Torga na visão de Linhares Filho. *Diário do Nordeste*, Fortaleza, 22/fev./1998.

________. Saudação ao poeta Linhares Filho. *Revista da Academia Cearense de Letras*, Fortaleza, Ano XCIX, v. 54, 1999. p. 149-154

BERARDINELLI, Cleonice. Sobre o crítico Linhares Filho. In: Linhares Filho. *O poético como humanização em Miguel Torga*. Fortaleza: UFC/Casa de José de Alencar, 1997 [quarta capa].

________. Gostei muito do que li. In: Linhares Filho. *No limiar do inverno*. Fortaleza: Expressão Gráfica Editora, 2010 [orelha].

BERNARDES, José Augusto Cardoso. Sobre *Andanças e Marinhagens*. In: Linhares Filho. *Rebuscas e reencontros*. Fortaleza: UFC/Casa de José de Alencar, 1996 [opinião transcrita de correspondência]. p. 133

BRASIL, Assis. *A poesia cearense no século XX*: antologia. Organização, introdução e notas. Rio de Janeiro/Fortaleza: Imago/Fundação Cultural de Fortaleza, 1996. p. 174

CAMINHA, Edmílson. A publicação de *O amor e outros aspectos em Drummond*. *Revista da Academia Cearense de Letras*, Fortaleza, ano CIII, v. 58, 2003. p. 235

________. Como é grande a poesia brasileira! *Revista da Academia Cearense de Letras*, Fortaleza, Ano CIII, v. 58, 2003, p. 236

CAMPOS, Moreira. A metáfora do mar no Dom Casmurro. *Tribuna do Ceará*, Fortaleza, 7/abr./1979.

_______. Saudação a Linhares Filho. In: ___, LINHARES FILHO. *Dois discursos acadêmicos*. Rio de Janeiro: Tempo Brasileiro, 1980. p. 3-12

_______. *Porta de Academia:* crônicas. v.2. Fortaleza: Texto digitado e transcrito do jornal *O Povo*, 1990-1994 [opinião sobre *Ironia, humor e latência nas Memórias Póstumas*]. p. 153.

_______. *Porta de Academia*: crônicas. v.2. Fortaleza: Texto digitado e transcrito do jornal *O Povo*, 1990-1994 [opinião sobre *Andanças e marinhagens*]. p. 308-309

CARNEIRO, Caio Porfírio. Recebi o belíssimo *Itinerário*. *Revista da Academia Cearense de Letras*, Fortaleza, Ano XCIX, v. 54, 1999. p. 263

CARVALHO, Francisco. Frutos da noite de trégua. In: ___. *Exercícios de literatura*. Fortaleza: UFC, 1990. p. 77-81

_______. Tempo de colheita. In: ___. *Textos e contextos*. Fortaleza: UFC/Casa de José de Alencar, 1995. p. 64-66

_______. Linhares Filho, professor de literatura, ensaísta e poeta. In: Linhares Filho. *Andanças e marinhagens*. Fortaleza: UFC/ Casa de José de Alencar, 1993.

_______. Linhares Filho, poeta e ensaísta dos mais brilhantes. In: Linhares Filho. *Rebuscas e reencontros*. Fortaleza: UFC/Casa de José de Alencar, 1996 [orelhas].

_______. O Poético como humanização em Miguel Torga. In: Linhares Filho. *O Poético como humanização em Miguel Torga*. Fortaleza:UFC/Casa de José de Alencar, 1997 [orelhas].

_______. Sobre *Ironia, humor e latência nas Memórias Póstumas*. In: Linhares Filho. *Rebuscas e Reencontros*. Fortaleza: UFC / Casa de José de Alencar, 1996 [opinião transcrita de correspondência]. p. 136-137

_______. A poesia substantiva de Linhares Filho. In: _____. *Rascunhos e resenhas*: registros literários. Fortaleza: UFC/Casa de José de Alencar, 2001. p. 29-30

_______. O homem que não brinca com palavras. *Revista da Academia Cearense de Letras*, Fortaleza, Ano CI/CII, v. 56/57, 2001/2002. p. 29-31

_______. Festa do intelecto. *Revista da Academia Cearense de Letras*, Fortaleza, Ano CXIII, v. 68, 2007. p.69-71

_______. O inverno de um poeta. *Revista da Academia Cearense de Letras*, Fortaleza, Ano CXV, v. 71, 2010. p. 37-39

CAVALCANTE, Ana Mary C. Do amor e seus Drummonds. *O Povo*, Fortaleza, 27/jun./2002.

CELEDÔNIO, Ademar. Org. Notícias de bordo. In: _____. *Análise das obras e autores selecionados para vestibular da UFC*. Fortaleza: Sistema Didático Aprender, 2008.

CID, Caio. Recebo um livro esquisito. *Correio do Ceará*, Fortaleza, 18/abr./1969 [impressões causadas pela publicação *Mini-sinantologia*, colaboração].

COELHO, Jacinto do Prado. Notas e comentários; Uma "chave" para Fernando Pessoa – a "Outra Coisa". *Colóquio/Letras*, Lisboa, jul./1983. p. 65-67

COLARES, Otacílio. Sobre Voz das coisas. *O Povo*, Fortaleza, 29/jul./1979.

COUTINHO, Afrânio, SOUZA, J. Galante de. Direção. *Enciclopédia de literatura brasileira*. Rio de Janeiro: FAE, 1990. p. 418-419 v. 1; 802 v. 2.

ESPÍNOLA, Adriano. Uma geração entre o SIN e o não. *Revista de Letras*, Fortaleza, 15 (1/8), jan. 1990/dez. 1993. p. 9-18

FEITOSA, Pe. Neri. O clarão de sua cultura. In: Linhares Filho. *Junto à lareira invisível*. Fortaleza: Expressão Gráfica e Editora, 2013 [orelha].

FERNANDES, José Alves. Discurso de agradecimento pela recepção do título de Professor Emérito. *Revista da Academia Cearense de Letras*, Fortaleza, Ano CV, v.60, 2005. p.183-190

FERNANDES, Luís Martins. Não encontro palavras. *Revista da Academia Cearense de Letras*, Fortaleza, Ano CIII, v. 58, 2003, p. 237

FISCHER, Almeida. Caminhos do ensaísmo literário. *Minas Gerais*, Belo Horizonte, 6/out./1979 [opinião sobre *A metáfora do mar no Dom Casmurro*].

________. A poesia outonal do jovem poeta. *O Estado de São Paulo*, São Paulo, 17/7/1984.

GIRÃO, Raimundo, SOUSA, Maria da Conceição. *Dicionário da literatura cearense*. Fortaleza: Imprensa Oficial do Ceará, 1987.

GOMES, José Ney Costa. Modernidade em Pessoa. *O Povo*, Fortaleza, 12/ago./1998.

GONÇALVES, Newton. Opiniões sobre A metáfora do mar no *Dom Casmurro*. In: LINHARES FILHO. *A "Outra Coisa" na poesia de Fernando Pessoa*. Fortaleza: UFC/PROEDI, 1982 [opinião transcrita de correspondência]. p. 98

GURGEL, Italo. Para desnudar a malícia do bruxo do Cosme Velho. *O Povo*, Fortaleza, 26/jul./1992.

________. O depoimento de um navegante dos sonhos. *O Povo*, Fortaleza, 13/out./1993.

________. Em que consiste a modernidade de Fernando Pessoa? In: Linhares Filho. *A modernidade da poesia de Fernando Pessoa*. Fortaleza: EUFC, 1998 [orelha].

GUTIÉRREZ, Angela. Opinião sobre *Notícias de bordo* e *Cantos de fuga e ancoragem*. In: Linhares Filho. *50 poemas escolhidos pelo autor*. Rio de Janeiro: Edições Galo Branco, 2008. [Opinião transcrita de correspondência].

________. Espaços e inespaços na memória da infância em *Itinerário*: trinta anos de poesia, de Linhares Filho. *Revista da Academia Cearense de Letras*, Fortaleza, Ano CXXII, n.78, 2017. p. 168-175

HORTA, Anderson Braga. Registro de leitura. *Revista da Academia Brasiliense de Letras*, Brasília, Ano XIII, n. 14, 1995. p. 266

________. Sua antologia "50 Poemas" foi lida e apreciada. In: Linhares Filho: *No limiar do inverno*. Fortaleza: Expressão Gráfica Editora, 2010 [opinião transcrita de correspondência, quarta capa].

IVO, Lêdo. Opinião sobre *Notícias de bordo*. In: Linhares Filho. *50 poemas escolhidos pelo autor*. Rio de Janeiro: Edições Galo Branco, 2008 [opinião transcrita de correspondência].

JUNQUEIRA, Ivan. Opinião sobre *Notícias de bordo*. In: Linhares Filho. *50 poemas escolhidos pelo autor*. Rio de Janeiro: Edições Galo Branco, 2008 [opinião transcrita por correspondência].

LIMA, Batista de. Os estudos pessoanos de Linhares Filho. *Revista de Humanidades*, Fortaleza, mar./1985. p. 103-105

________. Entre a fuga e a ancoragem. *Diário do Nordeste*, Fortaleza, 2007.

LIMA, Maria Célia Felismino. Linhares Filho: da poética escrita à poética sentida. *Diário do Nordeste*, Fortaleza, 7/jun./ 2009.

LYRA, Pedro. Poesia e fatalismo em Linhares Filho. In: ____. *Poesia cearense e realidade atual*. Petrópolis: Vozes, 1975. p. 85-89

________. Metáforas de Machado. *Jornal do Brasil*, Rio de Janeiro, 26/ maio/1979 [opinião sobre *A metáfora do mar no Dom Casmurro* e *Voz das coisas*].

________. *Sincretismo: a poesia da geração 60*: introdução e antologia. Organização. Rio de Janeiro/Fortaleza: Topbooks/Fundação Cultural de Fortaleza/Fundação Rioarte, 1995. p. 101-102; 104; 437-446

________. Linhares Filho. *Roteiro da poesia brasileira*: anos 60. Seleção e prefácio de Pedro Lyra. São Paulo: Global, 2011.

MACEDO, Dimas. A metáfora do mar de Linhares Filho. *O Catolé*, Fortaleza, 2/abr./1979.

________. Linhares Filho. In: ___. *Lavrenses ilustres*. Fortaleza: Secretaria de Cultura e Desporto, 1981. p. 204-205

________. A voz da poesia. In: ___. *Leitura e conjuntura*: crítica literária. Fortaleza: Secretaria de Cultura e Desporto, 1984. p. 45-46

________. Sobre *Ironia, humor e latência nas Memórias Póstumas*. In: Linhares Filho. *Rebuscas e reencontros*. Fortaleza: UFC/Casa de José de Alencar, 1996 [opinião transcrita de correspondência]. p. 139-140

________. A poesia de Linhares Filho. In: ___. *Crítica imperfeita*: incursões literárias – 1991-1999. Fortaleza: Imprensa Universitária da UFC, 2001. p. 80-85

MACEDO, Joaryvar. Opiniões sobre *A metáfora do mar no Dom Casmurro*. In: Linhares Filho. *A "Outra Coisa" na poesia de Fernando Pessoa*. Fortaleza: UFC/PROEDI, 1982 [opinião transcrita de correspondência]. p. 98

MACHADO, Lucineudo. Notícias de bordo. In: ____. Vivências de leituras: uma análise lingüístico-literária das obras UFC – 2009. Fortaleza: Expressão Gráfica Editora, 2008.

MACIEL, Nilto. Sobre *Andanças e Marinhagens*. In: Linhares Filho. *Rebuscas e reencontros*. Fortaleza: UFC/Casa de José de Alencar, 1996 [opinião transcrita de correspondência]. p. 135-136

________. A poética de Linhares Filho, *Revista da Academia Cearense de Letras*, Fortaleza, ano CXV, v. 71, 2010. p. 40-42

MARQUES, Rodrigo de Albuquerque. Notícias de bordo. In: José Olavo da Silva Garantizado Jr. e Alan Bezerra Torres. *Literatura comentada*: as obras do vestibular da UFC 2009. Fortaleza: Premius, 2008.

MARTINS, Carlyle. A poesia de Linhares Filho. *A Fortaleza,* Fortaleza, 18 a 25/nov./1979.

MATOS, Albino de. Não sei qual mais admirar. In: Linhares Filho. *Itinerário*: trinta anos de poesia. São Paulo: Scortecci, 1998 [orelha, opinião transcrita de correspondência].

MATOS, Pedro Gomes de. Carta de Pedro Gomes de Matos ao poeta Linhares Filho. *Correio do Ceará,* Fortaleza, 7/maio/1969.

MELO, Hélio. Sobre *Ironia, humor e latência nas Memórias Póstumas*. In: Linhares Filho. *Rebuscas e reencontros*. Fortaleza: UFC/Casa de José de Alencar, 1966 [opinião transcrita de correspondência]. p. 140

MEDEIROS, Giselda. Assim é o poeta de *Voz das Coisas*. In: Linhares Filho. *Junto à lareira invisível*. Fortaleza: Expressão Gráfica e Editora, 2013 [orelha].

MENEZES, Jailene de Araújo. *De amor e mar: a erospoética de Linhares Filho*. Monografia (Especialização) – Universidade Estadual do Ceará, Curso de Especialização em Semiótica aplicada à Literatura e áreas afins. Fortaleza, 2012.

________. A representação mítico-erótica do mar na poética de Linhares Filho. In: Fernanda Maria Diniz da Silva, Jailene de Araújo Menezes. (Org.) *Escritores cearenses:* múltiplos olhares. Fortaleza: Premius, 2013. p. 77-92

________. Andanças e marinhagens: a dimensão do amor *philia* na poética de Linhares Filho. In: Alexandre Vidal de Sousa, Fernanda Maria Diniz da Silva, Fernângela Diniz da Silva, Jailene de Araújo Menezes. (Org.) *Literatura em debate:* estudos sobre autores cearenses. Fortaleza: Premius, 2014. p. 102-116

MESQUITA, Vianney. A outra coisa na poesia de Fernando Pessoa. In: ____. *Sobre livros*: aspectos da editoração acadêmica. Fortaleza: UFC/PROED, 1984. p. 120-121

________.O ortônimo, os heterônimos e *A Outra Coisa* na caligrafia do polígrafo Linhares Filho. In: -. *Nuntia Morata:* ensaios e recensões. Fortaleza: Expressão Gráfica e Editora, 2014. p. 145-149

MONTELLO, Josué. Nesta vinda ao Brasil. In: Linhares Filho. *Itinerário*: trinta anos de poesia. São Paulo: Scortecci, 1998 [orelha, opinião transcrita de correspondência].

________. Opiniões sobre *A metáfora do mar no Dom Casmurro*. In: Linhares Filho. *A "Outra Coisa" na poesia de Fernando Pessoa*. Fortaleza: UFC/PROEDI, 1982 [transcrição de correspondência]. p. 97

MONTENEGRO, Braga. Da criação e do juízo. In: Linhares Filho. *Sumos do Tempo*. Fortaleza: Sin Edições, 1968. p. 7-18

MONTENEGRO, Pedro Paulo. Dois poetas. *O Povo,* Fortaleza, 30/nov./1968.

________. *A modernidade da poesia de Fernando Pessoa*, de Linhares Filho. *Revista da Academia Cearense de Letras*, Fortaleza, Ano XCVIII, v. 53, 1998. p. 199-203

________. *No limiar do inverno,* de Linhres Filho. *Revista da Academia Cearense de Letras,* Fortaleza, Ano CXV, v.71, 2010. p. 198-202

MORAES, Vera. A poesia de Linhares Filho: uma leitura de *Junto à lareira invisível. Revista da Academia Cearense de Letras,* Fortaleza, Ano CXVIII, v.74, 2013. p. 169-176

MOREIRA, Ícaro de Sousa. Opinião sobre *Notícias de bordo* e *Cantos de fuga e ancoragem*. In: Linhares Filho. *50 poemas escolhidos pelo autor*. Rio de Janeiro: Edições Galo Branco, 2008. [opinião transcrita de correspondência].

NAVA, Pedro. Em Voz das Coisas que poeta. In: Linhares Filho. *Itinerário*: trinta anos de poesia. São Paulo: Scortecci, 1998 [orelha, opinião transcrita de correspondência].

PARDAL, Paulo de Tarso. Notícias de bordo. *Diário do Nordeste*, Fortaleza, 28/ set./ 2008.

PEREIRA, Paulo. Opinião sobre *Tempo de colheita*. In: Linhares Filho. *Andanças e marinhagens*. Fortaleza: Casa de José de Alencar, 1993 [opinião transcrita de correspondência]. p.101

PIERRE, João Teófilo. A leitura dos livros de Linhares Filho. *Uma longa travessia:* de Santana do Acaraú para Crato. Fortaleza: Expressão Gráfica e Editora, 2012. p. 79

PINTO, José Alcides. Os poetas novos do Ceará. *Unitário*, Fortaleza, 26/jan./1969.

________. Linhares Filho, poeta e crítico. *Tribuna do Ceará*, Fortaleza, 2/jul./1988.

RAMOS, Ribeiro. Poesia, encanto maior da vida. *Tribuna do Ceará*, Fortaleza, 18/maio/1985.

RENAULT, Abgar. Sobre *Andanças e marinhagens*. In: Linhares Filho. *Rebuscas e reencontros*. Fortaleza: UFC/ Casa de José de Alencar, 1966 [opinião transcrita de correspondência]. p. 132

RICARDO, Cassiano. Cartas: de Cassiano a Linhares Filho. *O Povo*, Fortaleza, 20/maio/1972 [Suplemento Jornal do Lourenço Filho].

SALATIEL, Francisco. Ao argonauta poeta: pastor do ser e de um sonho. *Revista da Academia Cearense de Letras*, Fortaleza, Ano CXX, v.76, 2015. p. 111-113

SAMPAIO, Aíla. Os poetas e as faces de cada estilo. *Diário do Nordeste*, Fortaleza, 19/jun/2011 [opinião sobre *No limiar do inverno*].

SAMPAIO, Iranildo. Sobre *Andanças e marinhagens*. In: Linhares Filho. *Rebuscas e reencontros*. Fortaleza: UFC/Casa de José de Alencar, 1996 [opinião transcrita de correspondência]. p. 135

SARAIVA, Arnaldo. Sobre *Andanças e marinhagens*. In: Linhares Filho. *Rebuscas e reencontros*. Fortaleza: UFC/Casa de José de Alencar, 1996 [opinião transcrita de correspondência]. p. 132

SILVA, Dias da. Sumos do tempo. *Unitário*, Fortaleza, 8/fev./1970.

________. A metáfora do mar no Dom Casmurro & Voz das coisas. In: ____. *Da pena ao vento I:* anotações de pé de página. Fortaleza: Editel, 1981.

________. Tempo de colheita. *O Catolé*, Fortaleza, jul./ago./1987. p. 80-82

________. Itinerário. *Da pena ao vento VI:* anotações de pé de página. Fortaleza: RDS, 2006.

________. Frutos da noite de trégua. In: ____. *Da pena ao vento* VII: livros de volta à lembrança. Fortaleza: RDS, 2007.

________. Notícias de bordo. *Binóculo*, Fortaleza, Ano IX, No. 74, ago./ 2007.

________. Acadêmico José Linhares Filho. *Academia Lavrense de Letras:* da pena ao vento X, Fortaleza: RDS, 2012.

________. Junto à lareira invisível. *Binóculo:* livros daqui e d'além, Fortaleza, Nº 140, ago./2013. p.7-8

________. Conheça quem você lê. *Binóculo:* Fortaleza, Nº 146, fev./2013. p.3-4

SILVA, Fernanda Maria Diniz da. A poesia sincrética dos sonetos de *Rebuscas e reencontros*, de Linhares Filho. In: Alexandre Vidal de Sousa, Fernanda Maria Diniz da Silva, Fernângela Diniz da Silva. (Org.) *Ceará em Letras*: entre o passado e o presente literário. Fortaleza: Expressão Gráfica e Editora, 2015. p. 101-114

SILVA, Francisco Carlos Carvalho da. Notícias de bordo : uma leitura da poesia de Linhares Filho. In: Francisco Carlos Carvalho da Silva, Isaíde Bandeira da Silva, Makarius Oliveira Tahim. (Org.) *Sociedade, ciência e sertão*: reflexões sobre educação, história, cultura e tecnologia. Fortaleza: EdUECE,2014. p. 67-84

SILVA, Jarisa Maria Medeiros. O amor e outros aspectos em Drummond. *Revista de Humanidades,* Fortaleza, mar./1985 [resenha de trabalho policopiado de Linhares Filho]. p. 107-109

SILVA, Odalice de Castro. Linhares Filho: o amor segundo Drummond. *Diário do Nordeste*, Fortaleza, 28/jul./ 2002.

SOARES NETO, João. O itinerário poético de Linhares Filho. *O Estado,* Fortaleza, 5/fev./2016.

SOUZA, José Hélder de. Livros do Ceará. *Ceará em Brasília*, Brasília, mar./1997 [Sobre *Rebuscas e reencontros*].

_______. Livros cearenses. *Ceará em Brasília*, Brasília, abr./1998 [Sobre *O Poético como humanização em Miguel Torga*].

_______. Trinta anos de poesia de Linhares Filho. *O Ceará em Brasília*, Brasília, n. 132, jun./1999.

TAVARES JÚNIOR, Luiz. Machado de Assis na visão de Linhares Filho. *Notícias Culturais*, Fortaleza, jul./1992.

TELES, Gilberto Mendonça. Os pontos cardeais da vanguarda latino-americana. In: FIÚZA, Regina Pamplona. Organização. *Modernismo: 80 anos.* [Realização] Academia Cearense de Letras. Fortaleza: Expressão Gráfica, 2002. p. 317-327

TUFIC, Jorge. Opinião sobre *Notícias de bordo* e *Cantos de fuga e ancoragem*. In: Linhares Filho. *50 poemas escolhidos pelo autor*. Rio de Janeiro: Edições Galo Branco, 2008 [opinião transcrita de correspondência].

VALDIVINO, José. O caboré. *O Povo*, Fortaleza, 25/nov./1967.

_______. Dois poetas novos. *O Povo*, Fortaleza, 8/fev./1969.

_______. Um estudo de Linhares Filho. *O Povo*. Fortaleza, 22/abr./1972.

_______. Seis livros. *O Povo*, Fortaleza, 10/jan./1979.

_______. A poesia do crítico. *O Povo*, Fortaleza, 24/jan./1979.

VIANA, Carlos Augusto. Linhares Filho: os frutos da noite e a colheita do tempo. *Diário do Nordeste*, Fortaleza, 24/abr./1989.

_______. O erotismo da obra de Machado de Assis. *Diário do Nordeste*, Fortaleza, 4/jun./1992.

________. Andanças e marinhagens. *Diário do Nordeste*, Fortaleza, 13/ out./1993.

________. Linhares Filho, um poeta em busca da plenitude do *Ser*. *Diário do Nordeste*, Fortaleza, 19/dez./1996.

________. O universo poético de Miguel Torga. *Diário do Nordeste*, Fortaleza, 25/nov./1997.

________. O amor nos tempos de Drummond. *Diário do Nordeste*, Fortaleza, 27/jun./2002.

________. O discurso lírico de Linhares Filho. *Diário do Nordeste*, Fortaleza, 01/ abr./ 2007.

________. Linhares Filho ou as cordas das tensões do estado poético. *A literatura cearense através de ensaios*. Vol. 1– poesia. Fortaleza: Premius Gráfica e Editora, 2018.

VIANA, Christiane. Cem anos de Carlos Drummond de Andrade. *Universidade pública*. *O Povo*, Fortaleza, Ano III, n. 12, jul./ago., 2002. p. 31-33

Do Autor

Poesia

- *Sumos do tempo*. Fortaleza: Sin Ed., 1968.
- *Voz das coisas*. Fortaleza: Imprensa Universitária da UFC, 1979.
- *Frutos da noite de trégua*. Fortaleza: Secretaria de Cultura e Desporto, 1983.
- *Tempo de colheita*. Fortaleza: Secretaria de Cultura e Desporto, 1987 [Prêmio Estado do Ceará].
- *Andanças e marinhagens*. Fortaleza: UFC/Casa de José de Alencar, 1993.
- *Rebuscas e reencontros*. Fortaleza: UFC/Casa de José de Alencar, 1996.
- *Itinerário:* trinta anos de poesia. São Paulo: Scortecci, 1998.
- *Notícias de bordo*: poemas selecionados pelo autor. Fortaleza: Editora UFC, 2006.
- *Cantos de fuga e ancoragem*. Fortaleza: Imprece, 2007.
- *Notícias de bordo*: poemas selecionados. 2ed. Fortaleza: Edições UFC, 2008.
- *50 poemas escolhidos pelo autor*. Rio de Janeiro: Galo Branco, 2008.
- *No limiar do inverno*. Fortaleza: Expressão Gráfica Editora, 2010.
- *Momentos impressivos da Terra Santa*. Fortaleza: Expressão Gráfica Editora, 2011.
- *Junto à lareira invisível,* incluso *Momentos impressivos da Terra Santa*. Fortaleza: Expressão Gráfica Editora, 2013.
- *Itinerário:* quarenta e cinco anos de poesia. Fortaleza: Expressão Gráfica e Editora, 2015.
- *Consagração à poesia:* poemas, discursos, artigos. Fortaleza: Expressão Gráfica e Editora, 2017.

- *Lavras da Mangabeira* : uma cidade escrita. Fortaleza: Expressão Gráfica e Editora, 2019.
- *Cantos do Entardecer*. Curitiba: Kotter Editorial, 2023.
- *Itinerário*: cinquenta e cinco anos de poesia (inédito)

Ensaio Crítico, Oratória, Memória e Entrevista

- Luz nas "sombras". Fortaleza, *O Povo,* 9/12/1967 [sobre o livro *Sombras,* de Pedro Lyra].
- Literatura cearense estudada. Fortaleza, *O Povo,* 17/7/1977 [sobre *Literatura cearense,* de Sânzio de Azevedo].
- *A metáfora do mar no Dom Casmurro*. Rio de Janeiro: Tempo Brasileiro, 1978.
- O anjo de Branquinho da Fonseca numa perspectiva fantástica. *Revista de Letras*, Fortaleza, v. 1, n. 1, p.84-96, 1978.
- *Dois discursos acadêmicos*. Rio de Janeiro: Tempo Brasileiro, 1980 [colab. com Moreira Campos].
- O lirismo em *Os Lusíadas*. *Revista de Letras*, Fortaleza, v. 3/4, n. 2/1, p. 88-101, jul./dez. – jan. / jun. 1980/81.
- Alguns contos de Moreira Campos. In: Moreira Campos. *10 contos escolhidos*. Brasília: Horizonte/INL/MEC, 1981 [estudo introdutório].
- Amor e misticismo em João de Deus. *Revista da Academia Cearense de Letras*, Fortaleza, Ano XLII: 13-17, 1981.
- *A "Outra Coisa" na poesia de Fernando Pessoa*. Fortaleza: UFC/PROED, 1982.
- A problemática do Ser em *Alegria breve*. *Revista de Letras*, Fortaleza, v. 2, n. 5, p. 23-46, jul. /dez. 1982.
- O místico e o social no São Cristóvão, de Eça de Queirós. *Revista de Letras*, Fortaleza, 6 (1/2), jan. / dez. 1983. p. 63-82

– O passarinho carrancudo. *Revista de Letras*, Fortaleza, 6 (1/2), jan. / dez. 1983. p. 164-167
– Uma leitura de *Plural de nuvens*. *Aspectos*, Fortaleza, Imprensa Oficial do Ceará, n. 24, 1986. p. 25-31
– O poético como humanização em Miguel Torga. *Colóquio/Letras*, Lisboa, n. 98, jul. / ago. 1987. p. 13-18
– O maneirismo na lírica de Camões. *Revista de Letras*, Fortaleza, 12 (1/2), jan. / dez. 1987. p. 155-170
– O homem, a terra e a palavra na poesia de Barros Pinho. *Revista da Academia Cearense de Letras*, Fortaleza, Ano XCII, v. 47, 1987/1988. p. 173-179
– A modernidade da poesia de Pessoa. In: *Actas do IV Congresso Internacional de Estudos Pessoanos* (Secção Brasileira – São Paulo, 1988). Porto, Fundação Engº. António de Almeida, 1990,vol. II. p. 29-39
– No centenário de Fernando Pessoa. *Jornal de Cultura*, Fortaleza, ano II, n. 20, 1990. p. 18-20
– Dissertação do mestrado em letras de Roberto Pontes. *Notícias Culturais*, Fortaleza, ago./1991.
– Um livro póstumo. In: Dinorá Tomás Ramos. *O anel de Giges:* poesia. Fortaleza: Ed. Tribuna do Ceará, 1991
– *Ironia, humor e latência nas Memórias Póstumas*. Fortaleza: Imprensa Universitária da UFC, 1992.
– 25 anos de crítica. *Notícias Culturais*, Fortaleza, jul./1992.
– A obra aberta de Camilo Pessanha. In: [Atas] / *XIII Encontro de Professores Universitários Brasileiros de Literatura Portuguesa*. Rio de Janeiro: UFRJ, 1992.
– Prefácio. In: Carlos d'Alge. *A mulher de passagem*. Fortaleza: Imprensa Universitária da UFC, 1993.
– A nave de prata. *Revista de Letras*, Fortaleza, 15 (1/8), jan. 1990 / dez. 1993. p. 71-73

– A mensagem da cultura portuguesa. *Revista da Academia Cearense de Letras*, Fortaleza, ano XCIV, v. 50, 1993/1994. p. 29-37
– A última carta para Moreira Campos. *O Povo*, Fortaleza, 8/5/1994.
– *Artur Eduardo Benevides, professor emérito da UFC: discursos*. Fortaleza: Imprensa Universitária da UFC, 1994 [colab.].
– Cleonice Berardinelli: 50 anos de magistério. In: Gilda Santos, Jorge Fernandes da Silveira, Teresa Cristina Cerdeira da Silva. Org. *Cleonice, clara em sua geração*. Rio de Janeiro: Editora UFRJ, 1995.
– *Cleonice Berardinelli, professor honoris causa da UFC*: discursos. Fortaleza: Imprensa Universitária da UFC, 1995 [colab.].
– Sânzio de Azevedo: crítico e historiador. In: Sânzio de Azevedo. *O modernismo na poesia cearense*: primeiros tempos. Fortaleza: Secretaria da Cultura e Desporto do Estado do Ceará, 1995. p. 9-11
– *O poético como humanização em Miguel Torga*. Fortaleza: UFC/Casa de José de Alencar, 1997 [Prêmio Estado do Ceará].
– Uma leitura de *Canção da Menina*. *Revista da Academia Cearense de Letras*, Fortaleza, Ano XCVI, v. 52, 1997 p. 37-48
– *A modernidade da poesia de Fernando Pessoa*. Fortaleza: EUFC, 1998 [Tese defendida em concurso para Professor Titular de Literatura Portuguesa da UFC].
– A identidade dos portugueses em *Os Lusíadas*. In: [Atas]/*I Congresso Internacional de Estudos Camonianos*. Rio de Janeiro: UERJ/SBLL, 1998.
– *Novos documentos universitários*: série discursos acadêmicos nº 1; solenidade de entrega do título de professor emérito da UFC ao Prof. Pedro Paulo Montenegro. Fortaleza: UFC/Coordenadoria de Comunicação Social, 1998 [colab.].
– *Dois discursos acadêmicos*. Fortaleza: Gráfica e Oficina Água Viva, 1998 [colab. com Batista de Lima].

- Análise crítica de textos de Otacílio de Azevedo, Mário da Silveira, Filgueiras Lima, Artur Eduardo Benevides. In: Carlos d'Alge. Org. e atualização. *Antologia Terra da luz*: poetas. Fortaleza: Diário do Nordeste, 1998.
- Quincas Borba: notas introdutórias e questionário. In: Machado de Assis. *Quincas Borba*. Fortaleza: Diário do Nordeste, 1998.
- Uma leitura de *Memorial do convento*. In: Beatriz Berrini. Org. *José Saramago:* uma homenagem. São Paulo: EDUC, 1999.
- O humor do fingimento no Falstaff de Shakespeare. In: Antônio Martins Filho, Teoberto Landim. Org. *Colheita tropical*: homenagem ao Professor Dr. Helmut Feldmann. Fortaleza: UFC/Casa de José de Alencar, 2000.
- A poesia de Otacílio Colares. *Literapia*: revista da Sociedade Brasileira de Médicos Escritores, Fortaleza, n.2, jul. 2000. p. 9-12
- O fantástico em Moreira Campos. *Café das artes*, Fortaleza, Ano II, 3, jul. 2000. p. 22-23
- O grupo Clã e a vanguarda literária. In: Regina Fiúza. Org. *A produção literária do Ceará:* antologia. Fortaleza: Academia Cearense de Letras/Expressão Gráfica, 2001 [destaque das obras de Artur Eduardo Benevides, Moreira Campos, João Clímaco Bezerra, Otacílio Colares].
- Memórias Póstumas de Brás Cubas: notas introdutórias e questionário. In: Machado de Assis. *Memórias Póstumas de Brás Cubas*. Fortaleza: Diário do Nordeste, 2001.
- *O amor e outros aspectos em Drummond*. Fortaleza: Editora UFC, 2002.
- O amor e outros aspectos em Drummond. *Revista da Academia Cearense de Letras*, Fortaleza, Ano CI/ CII, v. 56/ 57, 2001/ 2002. p. 210-214
- A crítica do poeta Carlos Augusto Viana. In: Carlos Augusto Viana. *Drummond:* a insone arquitetura. Fortaleza: Editora UFC, 2003.

– Drummond e Pessoa: intertextualidades. In: Richard Baum; António Dinis. Org. *Lusophonie in Geschichte und Gegenwart*: Festschrift für Helmut Siepmann zum 65. Bonn: Romanistischer Verlag, 2003.
– Uma leitura de *Ensaio sobre a cegueira*. In: Edilene Matos et al. Org. *A presença de Castello*. São Paulo: Humanitas / FFLCH / USP: Instituto de Estudos Brasileiros, 2003.
– Mimese e prazer como instauradores da realidade: leitura de um romance de Clarice Lispector. *Revista da Academia Cearense de Letras*, Fortaleza, Ano CIII, v. 58, 2003.
– Quatro momentos de Francisco Carvalho. In: Francisco Carvalho. *Memórias do espantalho*: poemas escolhidos. Fortaleza: Imprensa Universitária da UFC, 2004.
– A lírica de Camões: notas introdutórias e questionário. In: Luís de Camões. *Sonetos*. Rio/São Paulo/Fortaleza: ABC Editora, 2004.
– Sânzio de Azevedo, estudioso do parnasianismo. *Revista da Academia Cearense de Letras*, Fortaleza, Ano CIV, v. 59, 2005. p. 176-180
– Uma leitura de *Ensaio sobre a cegueira*, de José Saramago. In: Regina Pamplona Fiúza. Org. *Literatura universal*. Fortaleza: Expressão Gráfica /Academia Cearense de Letras, 2005.
– Saudação a José Alves Fernandes. *Revista da Academia Cearense de Letras*, Fortaleza, Ano CV, v.60, 2005. p. 178-182
– Homenagem a Ribeiro Ramos Centenário. *Revista da Academia Cearense de Letras*, Fortaleza, Ano CVI, v. 61, 2006. p. 203-206
– Poesia. In: Marlene Mattes. Org. *Linguagens:* as expressões do múltiplo. Fortaleza: Premius, 2006.
– Batista de Lima: poeta, contista e ensaísta crítico. In: Nilto Maciel. Org. *Pele e abismo na escritura de Batista de Lima*. Fortaleza: Universidade de Fortaleza, 2006.
– Moreira Campos: uma experiência de leitura – o fantástico em sua obra. In: Angela Gutiérrez e Vera Moraes. Org. *Tributo a Moreira*

Campos e Natércia Campos. Fortaleza: Imprensa Universitária, 2007.

- Uma leitura de *Plural de nuvens*. In: Eliane Vasconcelos. Org. *A plumagem dos nomes:* Gilberto: 50 anos de literatura. Goiânia: Kelps, 2007.
- *Plenilúnio,* de Lêdo Ivo. *Revista Brasileira* [da Academia Brasileira de Letras], Rio de Janeiro, Fase VII, jan./fev./mar./, 2007, Ano XII, Nº. 50. p. 83-95
- 20 anos de atualidade. *O Povo:* vida & arte, Fortaleza, 12/ago./2007 [sobre os 20 anos da morte de Drummond].
- Miguel Torga: o desaguar do rio. *Diário do Nordeste:* cultura, Fortaleza, 12/ago./2007 [sobre os três últimos volumes do *Diário* de Torga].
- Notícias de Bordo e Cantos de fuga e ancoragem. *Revista da Academia Cearense de Letras,* Fortaleza, Ano CXII, v.68, 2007. p. 165-169
- O Liceu do meu tempo. In: Auriberto Cavalcante. Coord. *O Liceu do meu tempo*. Fortaleza: Premius, 2007.
- Leitura de Calabar: um poema dramático de Lêdo Ivo. *O Escritor* [Revista da UBE], São Paulo, No. 119, ago., 2008. p. 12-18
- Novela sedutora. In: Adísia Sá. *Capitu conta Capitu*. Fortaleza: ABC Editora, 2008.
- Um estudo atual da crítica machadiana. In: Eduardo Luz. *Manual de* bruxaria: introdução à obra crítica de Machado de Assis. Fortaleza: Imprece, 2008.
- Poesia do fogo e do azul. In: Fernanda Quinderé. *Cordilheira do fogo*. Fortaleza: Edições Livro Técnico, 2008.
- Sob o signo de duas artes. In: Antero Coelho Neto et al. *Achado casual:* antologia Sobrames – CE. Fortaleza: Sobrames, 2008.
- Uma pesquisa de fôlego. In: Ednilo Soárez. *Ramalho Ortigão*: um marco na literatura portuguesa. Fortaleza: Expressão Gráfica Editora, 2008.

- A poesia de Vicente Jr. In: Vicente Jr. *O livro dos livros*. Fortaleza: Premius, 2009.
- *Com a palavra*. Fortaleza: Expressão Gráfica Editora, 2009.
- Celebração dos 115 anos da Academia Cearense de Letras. *Revista da Academia Cearense de Letras,* Fortaleza, Ano CXIV, v. 70, 2009. p. 187-200
- Joel Linhares: filólogo, orador e poeta. *Revista da Academia Cearense de Letras,* Fortaleza, Ano CXIV, v. 70, 2009. p. 237-248
- Padre Alzir Sampaio. In: Padre Manuel Lemos de Amorim. *Vida, vocação, ministério*. Fortaleza: Edições Shalom, 2009.
- Leitura de *Teoria dos afetos*. *Revista da Academia Cearense de Letras,* Fortaleza, Ano CXV, v. 71, 2010. p. 43-45
- No limiar do inverno. *Revista da Academia Cearense de Letras,* Fortaleza, Ano CXV, v. 71, 2010. p. 193-197
- Leitura de *Ânfora de sol*. In: Giselda Medeiros. *Ânfora de sol*. Fortaleza: RDS, 2010
- Apresentação. In: Beatriz Alcântara. *O jardim foi-se:* minicontos, microcontos, intervenções urbanas. Fortaleza: Expressão Gráfica Editora, 2010.
- A poesia de Vera Lucia. In: Vera Lucia Moraes. *À flor da pele*. Fortaleza: Expressão Gráfica Editora, 2010.
- Capitu. In: Regina Pamplona Fiúza. Coord. Editorial/Academia Cearense de Letras. *A mulher na literatura:* criadora e criatura. Fortaleza: Expressão Gráfica Editora, 2010.
- A latência sensual consciente da narrativa machadiana. In: Regina Pamplona Fiúza. Coord. Editorial/Academia Cearense de Letras. *Machado de Assis*. Fortaleza: Expressão Gráfica Editora, 2010.
- Uma leitura de *Iracema,* de José de Alencar. In: Regina Pamplona Fiúza. Coord. Editorial/Academia Cearense de Letras. *José de Alencar e Euclides da Cunha*. Fortaleza: Expressão Gráfica Editora, 2010.

- Entrevista concedia a Sânzio de Azevedo. *Histórias MIS/Secretaria da Cultura*. Fortaleza: Gráfica LCR, 2011.
- Leitura de *Exercícios de Utopia*. *Scriptorium:* Associação Brasileira de Bibliófilos, Fortaleza, v.3, ago, 2012. p. 93-97
- Nos 135 anos do Seminário São José do Crato. In: João Teófilo Pierre. *Seminário São José do Crato:* 135 anos de fundação; 1º encontro de ex-alunos; fragmentos históricos e testemunhos de vida. Fortaleza: Premius, 2012.
- Três momentos de Sânzio de Azevedo. In: Neuma Cavalcante (Coord.); Elisabete Sampaio Alencar, Isabel Gouveia Ferreira Lima, Terezinha Alves Melo (Org.) *Construindo a memória da literatura cearense:* homenagem a Sânzio de Azevedo. Fortaleza: Edições UFC, 2012.
- Junto à lareira invisível. *Revista da Academia Cearense de Letras,* Fortaleza, Ano CXVIII, v. 74, 2013. p. 163-168
- Quarto Jubileu da Paróquia de São Vicente Ferrer. *Revista da Academia Cearense de Letras,* Fortaleza, Ano CXVIII, v. 74, 2013. p. 255-262
- Inauguração dos bustos do Dr. José Gonçalves Linhares e do Pe. Raimundo Augusto Bezerra em Lavras da Mangabeira. *Revista da Academia Cearense de Letras,* Fortaleza, Ano CXVIII, v. 74, 2013. p. 265-272
- A palavra descalça, de José Telles. In: José Telles. *A palavra descalça*. Fortaleza: Tiprogresso, 2013.
- No centenário de Moreira Campos. *Revista da Academia Cearense de Letras,* Fortaleza, Ano CXIX, v.75, 2014. p.31-42
- *Réquiem,* de Lêdo Ivo, ou elegia com valor de epopeia. *Revista da Academia Cearense de Letras,* Fortaleza, Ano CXIX, v.75, 2014. p.59-74
- Solo sagrado, de Révia Herculano. In: Révia Herculano. *Solo sagrado*. Fortaleza: Premius, 2014.

- De olhos entreabertos, de Aíla Sampaio. *Literapia:* uma revista de escritores cearenses, Fortaleza, Nº 22, jan.2014. p. 38-41
- *Itinerário:* quarenta e cinco anos de poesia. *Revista da Academia Cearense de Letras,* Fortaleza, Ano CXX, v. 76, 2015. p. 173-177
- Encantares, de Diogo Fontenelle. In: Diogo Fontenelle. *Encantares*: poesia. Fortaleza: Imprece, 2015.
- A intertextualidade em Cleonice Berardinelli. In: Gilda Santos, Paulo Motta Oliveira. Org. *Genuína fazendeira*: os frutíferos 100 anos de Cleonice Berardinelli. Rio de Janeiro: Bazar do Tempo, 2016. p. 451-455
- Agradecimento pelo título de luz. *Revista da Academia Cearense de Letras,* Fortaleza, Ano CXXI, v.77,2016. p.149-154
- *Recepção do título de Professor Emérito.* Fortaleza: Expressão Gráfica e Editora, 2017 [coedição com Odalice de Castro Silva e Custódio Almeida].
- Celebração do centenário de acadêmicos. *Revista da Academia Cearense de Letras,* Fortaleza, Ano CXXII, v. 78, 2017. p.160-167
- Machado de Assis: latência sensual consciente. Curitiba: Kotter Editorial,2022.
- Frutos do dia de faina: estudos e opiniões (inédito).

Antologia

- *Sinantologia.* Fortaleza: Imprensa Universitária da UFC, 1968 [colab.].
- *Antologia poética:* Piauí/Ceará. Org. Cinéas Santos, Roberto Pontes. Teresina: Governo do Estado do Piauí/Fundação Cultural do Piauí/Governo do Estado do Ceará/Universidade Federal do Ceará, [s.d. colab.].

- *Revista de Letras*. Fortaleza: 15(1/8), jan. 1990/dez. 1993 [Revista antológica, número comemorativo dos 25 anos de fundação do Grupo Sin. colab.].
- *Alma gentil*: novos poemas de amor. Org. e apres. Nilto Maciel. Brasília: Códice, 1994 [colab.].
- *Antologia da Academia Cearense de Letras*: edição do centenário. Org. e introd. Sânzio de Azevedo. Desenhos de Rubens de Azevedo. Fortaleza: Academia Cearense de Letras, 1994 [colab.].
- *Sincretismo: a poesia da geração 60:* introdução e antologia. Org. Pedro Lyra. Rio de Janeiro/Fortaleza: Topbooks/Fundação Cultural de Fortaleza/Fundação Rioarte, 1995 [colab.].
- *A poesia cearense no século XX:* antologia. Org. introd. e notas de Assis Brasil. Rio de Janeiro/Fortaleza: Imago/Fundação Cultural de Fortaleza, 1996 [colab.].
- *O talento cearense em poesia*. Org. Joyce Cavalcante. São Paulo: Maltese, 1996 [colab.].
- *Letras ao sol:* antologia da literatura cearense. Org. Oswald Barroso, Alexandre Barbalho, 2. ed. Fortaleza: Ed. Fundação Demócrito Rocha, 1998 [colab.].
- *Amor nos trópicos*: ensaios e seleta de poemas contemporâneos. Org. Beatriz Alcântara, Lourdes Sarmento. Fortaleza: UFC/Casa de José de Alencar/Programa Editorial, 2000 [colab.].
- *Águas dos trópicos*: ensaios e seleta de poemas contemporâneos 2. Org. Beatriz Alcântara, Lourdes Sarmento. Recife/Fortaleza: Bagaço/SECULT, 2000 [colab.].
- *Fauna e flora nos trópicos*: seleta três. Org. Beatriz Alcântara, Lourdes Sarmento. Fortaleza: SECULT, 2002 [colab.].
- *Linhares Filho:* uma antologia. Org. e seleção de Vicente Freitas Araújo. Bela Cruz: Tanoa Editora, 2006.

- *Poetas da Academia Cearense de Letras*: 1894-2009. Pesquisa e organização de José Murilo Martins. Fortaleza: Expressão Gráfica, 2009 [colab.].
- *80 poemas de mesa:* Ideal Clube – 80 anos. Org. José Telles. Fortaleza: Vocábulo Um Editora, 2011 [colab.].
- *Roteiro da poesia brasileira:* anos 60. Seleção e prefácio de Pedro Lyra. São Paulo: Global, 2011 [colab.].

Algumas Opiniões Críticas

Foi uma grata leitura, a que fiz do seu livro "Frutos da Noite de Trégua", onde a poesia se manifesta de maneira tão nítida e convincente. Percebe-se que o seu "pacífico guerreiro" tem o vigor e o talento necessário para dar ao verso toda a melodia e todo o encanto verbal.

Carlos Drummond de Andrade

O poeta se alçou muito alto, senhor que é dos segredos da arte, da feitura do verso, daquela capacidade de flagrar o essencial expressivo, de apresentar a palavra exata, pela consciência de que, segundo Henriqueta Lisboa, a poesia é "a coação do eterno dentro do efêmero".

Moreira Campos

Poesia intimista, cheia de confidências, de revelações, iluminada pela saudade das cousas e dos seres e transfigurada pelo amor e pela fraternidade. Uma mensagem em que os valores permanentes ressaltam, minimizando-se o circunstancial e o efêmero. Não que esses não sejam, também, motivos de poesia. Mas o seu pensamento criador só se consola com o essencial.

Artur Eduardo Benevides

São assim, desse teor de variada gama as coisas a cujas vozes o poeta Linhares Filho emprestou ao máximo a força de uma sensibilidade que se lhe revela imanente, se bem que contida, desde suas primeiras incursões, com a coletânea intitulada *Sumos do tempo*, datada de 1968, [...] ele que é, sem favor nenhum, um dos mais representativos valores das nossas letras e que, sabiamente, por meio de seus versos sempre altiloquentes, nos faz despertos para ouvir a inefável voz das coisas...

Otacílio Colares

Linhares Filho frequenta o ensaio e a poesia com a mesma habilidade e consciência crítica que todos lhe aplaudem e reconhecem, notadamente pela convicção de que tais qualidades e predicados técnicos estão presentes, de longa data, no universo expressivo de sua já alentada obra literária, em prosa e verso. E é justamente essa consciência arraigada do fenômeno estético que o coloca em permanente sintonia com o verbo poético e seus conteúdos mágicos, e que ao mesmo tempo confere aos seus poemas um quê de transcendência e de serenidade clássica.

Francisco Carvalho

Linhares Filho é um desses artistas verdadeiros, um poeta no sentido mais nobre do termo. A poesia se faz com palavras, já o lembrou Mallarmé na anedota famosa, e Linhares Filho é dos que conhecem os sortilégios da linguagem, os segredos da arte de erguer universos com a constelação dos signos. Em suma, ele é poeta, senhor do verbo e do verso, pastor de metáforas e recriador do mundo...

Sânzio de Azevedo

Em *Voz das Coisas* que poeta, que posse da língua e que poder de ir até as homologias do mais íntimo da palavra. Fiquei vidrado em Ovídio Naso / NASA / passada / espaçada / sobressalto / tempo espaço virado tempespaço / nasça / nasa de "Conquista espacial" que me conquistou desde o princípio do livro – mesa afora, "Reconstrução da mesa", momentos de bois remoendo que iluminam a ruminação misturada a pensamento e digestão, "A minha mãe na morte" – e por aí até o último poema da vida e da morte depois do espaço, inespaço. E o fruto inconho (o belo achado) da morte unido ao fruto que somos: a linda música inconho sonho somos, com essas nasais fazendo sino.

Pedro Nava

Não sei qual mais admirar: se a fluência de uma inspiração que corre sem esforço por tudo que se lhe depara no caminho, qual varinha mágica que tudo transforma em beleza, se a fina sensibilidade que enche de poesia até o prosaísmo da vida diária e o amorfismo das coisas.

Albino de Matos

Nesta vinda ao Brasil, para uns dias de férias, encontro seu *Tempo de Colheita* entre os livros de minha correspondência. E, como já o li, apresso-me em lhe dar meus aplausos, com o entusiasmo de quem identificou nos seus poemas alguns de nossos mais belos versos.

Josué Montello

Andanças e Marinhagens é título precioso de um livro de poemas preciosos, que li de uma só vez, tomado de admirativa emoção, encontrando sempre a poesia "na busca além da linha do horizonte".

Abgar Renault

[...] as suas *Andanças*, onde encontrei um "sentimento lusitano" que desde Ribeiro Couto não via na lírica brasileira. Se já conhecia o seu "amor" a Pessoa (e a Machado...), apreciei em especial o seu soneto – "elegia" ao nosso Drummond, para mais escrito em Lisboa. Espero que continue a recusar-se a "negar um canto à vida".

Arnaldo Saraiva

Bem haja por seu novo livro de poesia – *Rebuscas e Reencontros*, em que "reencontro" sua voz amiga, de fraternos acentos e acenos lusos. O autor concilia, com inegável destreza, classicismo e modernismo (abro de novo o livro e releio a belíssima "Canção para Lavras", que de certo modo me lembra o "fado" que Régio dedicou à terra natal, Vila do Conde, e se me afigura uma das melhores composições do seu volume).

Luís Amaro

A sua manifestação crítica e acadêmica ostenta uma qualidade que considero essencial: a empatia. Sem uma certa afinidade, uma generosa cumplicidade, uma simpatia, não se deve escrever sobre os poetas. É exatamente esse acerto de caminho, essa capacidade de encontrar o outro como se este não fosse um estrangeiro ou um desconhecido, que está no crítico que tão bem sabe cantar neste *Notícias de Bordo* – que está sendo uma de minhas leituras atuais – as cervejarias da cidade de Colônia (cuja neve conheço) e os segredos do amor e as luzes das paisagens.

Lêdo Ivo

No Limiar do Inverno, de Linhares Filho, é um livro profundo. São páginas de amor aos homens, de confiança na vida. Solidez racional, justeza verbal, agudeza e limpidez de pensamento. O poeta é um grande intuitivo e um grande descobridor.

Pedro Paulo Montenegro

E assim, de livro a livro (*Voz das Coisas, Frutos da Noite de Trégua, Tempo de Colheita, Andanças e Marinhagens, Rebuscas e Reencontros* e isto sem falar nos seus primorosos livros de ensaios) o leitor encontra um poeta que conhece bem a sua arte, que faz o novo sair de dentro do velho, um poeta que sabe escolher os temas mais recônditos de sua alma sem perder o sentido cósmico, a visão particular e sofrida do mundo em que vive. Enfim, tudo concorre para a beleza de um Itinerário de trinta anos de poesia, livro que não só enriquece a literatura cearense, como também dá dignidade ao trabalho intelectual de Linhares Filho e conecta a poesia do Ceará ao melhor da poesia brasileira e da latino-americana.

Gilberto Mendonça Teles

[...] *Notícias de bordo*, com sua poesia selecionada a partir daquela, reunida, que se deu à estampa em 1998. Chamaram-me a atenção diversos poemas, mas particularmente um deles, "Depois da morte", que eu gostaria de ter escrito. Diante da má poesia que hoje nos servem, é no mínimo reconfortante ler um verdadeiro e alto poeta. E v. o é.

Ivan Junqueira

Cada verso seu dá uma sensação de extremada depuração. Não se trata, porém, daquela depuração artesanal no sentido estreito da palavra. É como se você tivesse o verso perfeito na cabeça e o recuperasse, depois, por entre a bruma babélica da escrita.

Onde essa recuperação mais se nota é no soneto. Quase não se lhe nota o esforço da síntese a que essa forma fixa obriga. Os 14 versos arrumam-se com a naturalidade das coisas de gênio e, apesar de metricamente perfeitos, aparecem musicalmente edulcorados, sem arestas.

E, depois, independentemente de tudo, há coisas comoventes no seu livro. O soneto "Depois da Morte", por exemplo, é impressionante de autenticidade e de ressonâncias intertextuais. Ou o "Embalo à Ama"... Não há, nesses dois casos (como na "Bênção às Filhas"), apreciações que possam suprir o *pathos* que eles provocam no leitor.

José Augusto Cardoso Bernardes

[...] a poesia de Linhares Filho encanta pela sensibilidade que percorre todos os versos, sejam os de linhagem filosófica, sejam aqueles que retratam simples fatos do cotidiano. Quando abençoa suas filhas, quando pressente "o vendaval da morte", ou quando se reporta ao anseio do trabalhador "por um mais justo salário", Linhares se expressa poeticamente com uma elegância e austeridade que se consorciam com uma espécie de ternura radical para compor as mais encantadoras manifestações do sentimento. É dessa argamassa que se constroem os verdadeiros poetas.

Italo Gurgel

Os poemas deste livro [*Andanças e Marinhagens*] resultam de uma densa elaboração da linguagem, alicerçada na liberdade com que o poeta se serve dos múltiplos recursos formais, utilizando-se tanto do verso livre quanto do metrificado consoante a necessidade do texto, sabedor de que a forma está a serviço do conteúdo ou, em último caso, este e aquela se fundem visando a uma unidade. Linhares Filho, poeta de aguda consciência crítica, concebe a arte como a expressão apurada dos sentimentos, aproximando-se, assim, do construtivismo clássico. Seu processo de composição obedece a uma profunda lucidez, só inerente aos que recebem a palavra em todo o seu leque de revelações.

Carlos Augusto Viana

Gostei muito do que li. Que belos versos – medidos ou não! Que primorosos sonetos! Entre estes, distingo o que escreveu a Miguel Torga e o seguinte inspirado pela experiência de S. Paulo. Motivações diversas, sonetos diversos mas realizados num mesmo nível de qualidade poética [...]

Outro poema que me agarrou foi o "Supremo Canto da Humanidade", com a insistente reiteração, no início das estrofes, do verbo *Morreremos,* sempre seguido da adversativa + advérbio de tempo, que, de certo modo, destroem o que de morte há em *Morreremos*.

É, de fato, um poema extremamente forte, finamente realizado, conduzindo o leitor por entre obstáculos quase intransponíveis, mas compondo, através das idades, uma sinfonia surgida "do imo de nós (vós?) mesmos."

Cleonice Berardinelli

[...] a poesia de Linhares Filho guarda, ao nível da expressão, o equilíbrio estilístico que o identifica: um poeta tributário da tradição do nosso lirismo, seduzido pelo prestígio do eterno e beneficiado por um firme domínio da linguagem.

Pedro Lyra

O Autor

LINHARES FILHO (José). Nasceu em Lavras da Mangabeira (CE), em 1939. Poeta e ensaísta crítico. Professor de Literatura Portuguesa da Universidade Federal do Ceará, tendo chegado a Professor Titular. Mestre em Literatura Portuguesa pela UFRJ. Doutor em Letras Vernáculas (área de Literatura Portuguesa) pela mesma Universidade. Membro Efetivo da Academia Cearense de Letras desde 1980 e da Academia de Letras e Artes do Nordeste. Sócio Honorário da Academia Fortalezense de Letras (2018). Sócio da Associação Internacional de Lusitanistas, da Associação Brasileira de Literatura Comparada e da Associação Brasileira de Bibliófilos. Sócio Correspondente do Instituto Cultural do Vale Caririense. Menção Honrosa do Prêmio Estado do Ceará de Poesia (1983). Prêmio Estado do Ceará de Ensaio (1986) e de Poesia (1987). 1º. Lugar no Concurso ALANE Professor Costa Matos de Poesia (2009). Pesquisador na Universidade Clássica de Lisboa (1987). Coordenador da Casa de Cultura Portuguesa da UFC (1991). Coordenador do Curso de Pós-graduação em Letras da UFC (1993). Professor Visitante na Universidade de Colônia (Alemanha, 1995) e na Universidade Técnica de Aachen (Alemanha, 1995 e 2000). Colaborador, entre outras revistas, da *Colóquio/Letras*, de Lisboa; *Revista Brasileira,* da Academia Brasileira de Letras; *Literatura*, de Brasília; e *O Escritor*, da União Brasileira de Escritores. Comunicador em vários congressos e encontros literários como na *Kentucky*

Foreign Language Conference (Lexington, U.S.A., 1999). Detentor do Diploma do Mérito Cultural, concedido pela Academia Brasileira de Filologia (Rio de Janeiro) "por sua magnífica atuação a favor do desenvolvimento cultural do Brasil" (2007). Publicou seis livros de ensaio, dois sobre Machado de Assis, dois sobre Fernando Pessoa, um sobre Miguel Torga e um sobre Drummond e *Itinerário*: trinta anos de poesia (1998), este englobando seis livros, antes editados separadamente, de poemas. Além desses livros, *Notícias de Bordo*: poemas selecionados, *Cantos de Fuga e Ancoragem, No Limiar do Inverno* e *Momentos Impressivos da Terra Santa,* o primeiro, indicado para estudo no Exame Vestibular da UFC, em 2009-2010. Integrou o Grupo Sin de Literatura, da geração 60 do Ceará. Figura em treze antologias poéticas editadas no País, além de participar da Coleção *50 Poemas Escolhidos pelo Autor* (vol. 29), das Edições Galo Branco, Rio de Janeiro. Autor da letra do hino de sua cidade natal e da letra do hino da Academia Lavrense de Letras, a que pertence como Presidente de Honra. Detentor da Medalha do Centenário de Rachel de Queiroz (2010), concedida pela Associação Brasileira de Bibliófilos, por haver sido Relator do Parecer de aceitação da candidatura da escritora a uma vaga da ACL. Detentor da Medalha do Mérito Cultural Joaryvar Macedo, da Secretaria de Cultura da Prefeitura Municipal de Lavras da Mangabeira (2015). Professor Emérito da UFC, título aprovado pelo Consuni em 2015. Eleito Príncipe dos Poetas Cearenses pela ACL em 2016. Homenageado pela Assembleia Legislativa do Estado do Ceará pelo transcurso do Dia da Literatura Cearense (2017). Detentor da Medalha do Mérito Educacional Gustavo Augusto Lima, da Academia Lavrense de Letras (2017). Comendador da Ordem do Mérito Cultural Ideal Clube "por relevantes serviços prestados à cultura cearense" (2021).

Papel pólen bold 90g/m²
Fontes Georgia 12 e 16
Impresso no outono/2023